Mourir et puis sauter sur son cheval

Éditions Verdier
11220 Lagrasse

Du même auteur

La Claire Fontaine
Verdier, 2013

•

Sang lié
Allia, 2005

Milo
Allia, 2009

David Bosc

Mourir et puis sauter sur son cheval

Verdier

L'auteur a reçu, pour l'écriture de ce livre,
la Bourse à la création littéraire de la Ville de Lausanne 2015

www.editions-verdier.fr

ISBN : 978-2-86432-847-6

À Valérie Baumann,
Dominic A. Boariu,
Myrto Gondicas,
Aurélia Maillard-Despont.

Mourir et puis sauter sur son cheval.

Ossip Mandelstam,
Poème de Voronèje, juin 1937.

Elle dit : Tout n'est pas perdu.
Il dit : En nous ou dans le monde ?
Elle dit : C'est pareil.

Jean Grosjean, *Pilate.*

La fille respire dans le combiné qu'elle a éloigné de son oreille. Sa lèvre patine doucement sur la bakélite percée de petits trous, son souffle mouille l'étrange poivrière. Elle défait sur le devant les boutons de sa robe. Il fait chaud, elle a chaud, c'est en elle qu'il fait le plus chaud et cette chaleur, elle essaie de lui donner un passage, une échappée ; elle ouvre la bouche en grand, relève les cheveux qui lui couvraient le front ; elle dégage une épaule, libère un bras, la robe glisse sur la soie de la chemise et du jupon. Elle dégrafe la chemise. La chaleur jaillit du plexus, remonte à la gorge, embrase les joues, gagne les tempes : elle flambe. La fille pousse des deux mains le portillon de bois rougeâtre. Elle remonte son jupon jusqu'au-dessus des seins, puis l'ôte brusquement, par le haut, des deux bras elle l'expulse. La fille est nue, blanche, sur le tapis du hall. De la lumière se prend à la sueur de son dos. Elle appuie son front, ses joues l'une après l'autre, à la boule de pierre bleue de la rampe d'escalier. Le concierge la regarde, sidéré. La fille ne le voit pas.

La fille se lance à l'assaut des marches, un doigt sur la main courante de bois ciré, elle grimpe, elle court sur la pointe des pieds, elle ascensionne, gire et vire sur le premier palier, elle est plus nombreuse que jamais. La fille est nue, elle flambe, elle incendie la cage d'escalier. Sa chevelure comme une queue de renard. Ce sont les trois cents renards enflammés que Samson lança dans les moissons des Philistins. Ni les portes ni les plaques de cuivre ni la tristesse des paillassons n'arrêtent son regard : elle le lève au sommet du puits, vers le rond de lumière, et tour à tour le plonge dans les fleurs du tapis que retient à chaque marche une baguette de cuivre.

La fille à bout de souffle, soulevée par son souffle, atteint le palier du dernier étage, elle donne du poing contre la porte, sans cesser de lever les genoux. Le gros homme au visage large, couleur de mortadelle, ouvre la porte, puis la bouche, la fille nue prononce des paroles sans queue ni tête, elle parle dans ses mains, où se mêlent des mèches de cheveux, elle dit je vais me marier, éclore, je vais me marier, donne-moi une livre, les cloisons tombent. Elle dit que nous ferons avec les oiseaux une race d'immortels, elle traverse l'entrée, toute nue sous les yeux de son père, elle s'engouffre dans le couloir et referme derrière elle la porte de sa chambre. Le gros homme est changé en statue de sel. La bouche ouverte et la main levée.

Sur la porte de l'atelier de Bedford Gardens, une porte que Sonia n'avait jamais fermée, Luis A., son père, découvrit la ficelle grise et les ronds rouges des scellés. Au-dessous, à dix centimètres des cachets de cire, deux pitons nickelés assujettis d'un cadenas neuf. À la première fenêtre, il appuya des deux mains sur le panneau de carton noir qui avait remplacé, un peu partout, les vitres soufflées par les bombes. Cela céda d'un coup. Une bouteille et des verres à pied furent projetés au sol et se brisèrent. Il entra non sans mal, après avoir repoussé la table sur laquelle il y avait encore un bloc racorni de fromage de Cheddar, un couteau bien trop grand, sa lame comme une équerre, un pain à demi mangé et un journal laissé ouvert pour les épluchures. Le panneau de carton raclé par terre expédia les tessons dans un coin.

Au fond de la pièce, le grand lit en désordre, draps et couvertures à la façon d'un nid mêlant les herbes et les cheveux, les poils, les bouts de fil, les plumes de ceux qu'on a plumés. Quelques vêtements de Sonia étaient pendus à des clous, à même le mur.

Au centre de l'atelier, le poêle et la table à dessin, avec un sous-main de carton gris, des flacons d'encre de Chine, des godets, des pots pour les plumes, les crayons, les roseaux, les pinceaux. Des boîtes de fusains fragiles, de pierre noire, de mine de plomb. De la colle blanche et des ciseaux. Des portemines, des porte-plume, un canif. À main gauche, des livres en piles. Ce sont des bibles en plusieurs langues, avec ou sans les Évangiles, quelques recueils de poésie anglaise, Homère, de la prose allemande en caractères gothiques, des volumes des œuvres de Nietzsche traduites en français par Henri Albert pour le Mercure de France. Et des feuilles de toute sorte, papier de chiffon, de Chine, à la cuve ou glacé, calque, vergé, pelure, des feuilles vierges ou imprimées, des cartes de géographie, des gravures. À main droite, de l'eau, des verres, des assiettes de porcelaine pour le lavis (où l'encre se mêle à l'eau en oueds et en estuaires).

La semaine précédente, en compagnie de la police, le père avait été incapable de rien voir. Tout juste s'il était parvenu, avec la béance qui lui crevait les yeux, à éviter les obstacles, murs ou meubles.

À présent, il se tenait assis devant la table, les mains sur les genoux. Il n'osait rien toucher des affaires de sa fille. Ça n'était pas loin d'être intenable, mais vint à son secours la question de savoir comment remettre en place le panneau de carton. Il chercha de la ficelle, n'en trouva pas, avisa un chiffon et se mit à le déchirer en bandelettes.

En remontant Brewer Street, il parvint à la hauteur du *Majorca*. Il en poussa la porte aveuglée par des affiches de corrida et regretta aussitôt son mouvement machinal. Il vit blêmir les visages qui se tournaient vers lui. Puis les visages se figèrent comme s'ils avaient vu le malheur en personne. Diego, le patron, lui tendit la main par-dessus le comptoir. Il gratta sa joue bleue et dit : je te fais un café. Mais l'homme lui répondit : laisse. Laisse. Diego s'approcha du bout de tablard sur lequel il faisait sa comptabilité, entre le téléphone et le percolateur, il chercha parmi les factures, alluma la petite lampe, il avait trouvé : deux pages de journaux qu'il avait mises de côté. Il les posa sur le comptoir et dit : pardon si c'est idiot de te donner ça, je ne sais pas. J'ai pensé, bon, voilà. Il était gêné, mais ça ne le changeait pas. Tandis que les autres, qui n'étaient pas chez eux, avaient l'air d'avoir emprunté jusqu'à leur chemise. Il n'est pas toujours facile de faire bonne figure.

Luis fourra les papiers pliés dans la poche de son pardessus. Il tordit la bouche. Salut, Diego. Il recula, bouscula un tabouret qui le fit trébucher. Sur le trottoir, il réordonna ses jambes, ferma les poings et se mit à marcher à toute allure, presque à courir, vers le sud, jusqu'au fleuve aux berges ravagées.

Il s'est laissé tomber parmi les fers tordus, les blocs de pierre disjoints d'où jaillit la nation des graminées. Sur l'autre rive, la lumière du couchant s'emparait de la poussière folle. Sensation d'avoir eu les poumons arrachés. Les larmes ruisselaient sur son visage, ruisselaient sur les murs d'une citerne fendue. Elle était là, dans la lumière, dans la poussière, dans le vent qui relevait doucement le paysage.

Et la nuit tomba.

Plus haut, posée sur les gravats des docks bombardés, sur l'interminable aplat de briques et de pierres concassées, se dressait une cabane de planches aux carreaux sales : *The Black Swift*. L'enseigne roussie de l'ancien pub avait été raccrochée au-dessus de la porte comme un défi aux Fritz, au Blitz et à l'impermanence des choses.

Il demanda du gin, lui qui n'en buvait jamais. Les coupures de journaux étaient dans sa poche. Il lui semblait qu'elles rayonnaient d'une chaleur malsaine, au point qu'il écarta le coude et se figea dans une position bizarre, inconfortable. Les rares clients, les mouches au vol harassant d'obstination, les publicités, rien ne pouvait accrocher son regard. Il vida son verre en grimaçant. Il se leva, laissa de l'argent sur la table et sortit.

Le lendemain matin, on frappait à la porte. Le laitier était déjà passé. Amparo se dépêcha d'aller ouvrir et tout aussitôt, ce fut le pas lourd, puis la main épaisse du père qui écarta la bonne et saisit le battant de la porte. Qu'est-ce que c'est ? Deux agents de police se tenaient sur le palier. Celui qui était en retrait avait les bras chargés d'une caisse de bois dépourvue de couvercle. Ce sont les documents de votre fille, monsieur, nous devons vous les restituer.

Après quelques heures d'un silence épouvantable, tandis qu'Amparo triait des lentilles à la cuisine parce que c'était ce qu'elle pouvait faire avec le moins de bruit, le père sortit de son bureau et gagna le vestibule. Amparo pensa qu'il allait sortir, mais il fouilla seulement son pardessus et retourna s'enfermer au bout du couloir.

Il s'assit lourdement avant de défroisser le premier article sur son genou. La caisse était à ses pieds, devant le fauteuil.

Daily Express, 4 septembre 1945

La chute mortelle de l'artiste est une énigme

Personne ne sait encore pourquoi Sonia A., une artiste espagnole de vingt-trois ans, a chuté mortellement de quatre-vingts pieds, sur le pavé de Queensway, Bayswater. Hier matin, elle a passé un appel téléphonique depuis l'immeuble. Quelques minutes plus tard, elle gisait nue et mourante dans la rue.

Est-elle tombée d'une fenêtre ou du toit, et pourquoi a-t-elle retiré tous ses vêtements dans la loge du concierge avant de grimper en courant les escaliers, c'est ce que Scotland Yard essayait de découvrir hier soir. Sonia A., fille d'un ancien ambassadeur de la République espagnole, vivait avec son père dans cette résidence depuis 1939. Elle était artiste. Elle occupait un atelier dans Bedford Gardens, près de son domicile. Vers dix heures du matin, Mlle A. a demandé au concierge de l'immeuble la permission d'utiliser le téléphone – on ignore le motif de cette demande, car il y avait un téléphone dans l'appartement de son père. Le concierge la laissa dans sa loge, et ce qu'il vit l'instant d'après, ce fut Mlle A. sortant nue du bureau pour grimper en courant les escaliers, abandonnant derrière elle tous ses habits.

M. George Shephard, le chef d'équipe d'une entreprise de déménagement, travaillait devant l'immeuble quand elle tomba. Il la couvrit avec des sacs de toile tirés de son camion et appela à l'aide. Selon son témoignage, la jeune fille essayait de dire quelque chose, qu'il ne comprit pas.

Dès qu'il fut prévenu, le père se précipita en bas en robe de chambre, le visage encore à moitié couvert de savon et le rasoir à la main.

Quelques photographies, un épais carton à dessin, un cahier couleur de bitume : c'était tout le contenu de la caisse. Sur une photo récente, Sonia faisait la bouche ronde, le doigt pointé vers quelque chose qu'on ne voyait pas. Il y avait des arbres derrière elle. Ça pouvait être Hyde Park, ou Richmond. Sonia n'était pas très grande, mais elle se tenait si droite, le menton relevé sans effort, qu'on se prenait à chercher le fil qui lui tirait le sommet du crâne en direction du ciel. Une baguette vive et tendue, souple, depuis la pointe des fesses jusque dans la nuque. Elle n'était pas grande et pourtant on se sentait plus petit lorsqu'on était assis à côté d'elle. De l'oreille à l'épaule, nulle part la ligne ne se brisait, elle avait le col d'un oiseau.

L'homme se saisit du carton à dessin, qui était lourd et manqua de tomber. C'était la reliure d'un in-folio vidé de ses pages. Le dos portait en lettres d'or : « Thomas Pennant – *British Zoology. Vol. II – Birds* ». Cette reliure, elle l'avait trouvée le ventre à l'air dans les poubelles d'un encadreur. Entre ses gardes de papier marbré, qui figurent assez bien des viscères bleu et rouge, elle avait serré jour après jour des feuilles de différents formats, dessins et textes mêlés, des pages de livre aussi, coupées au rasoir. Point de numérotation, point de dates. Des notes, des croquis, de violents lavis, des feuilles minutieuses, hachures et courbes et points serrés jusqu'à rendre la nuit. Parfois ce n'étaient que quelques lignes, comme des indications pour un dessin à faire :

Un arbre en hiver
Dans son filet
La moitié du ciel

Ou encore :

Une plaque d'égout
Coloriée à la craie
Éternité de petite fille

Tout cela était sans ordre, mais on devinait le mouvement : peu à peu les figures se défaisaient, son dessin proliférait, cela grouillait de plus en plus, cela se fragmentait, cela se dispersait avec le remuement de l'ombre.

Là, ce n'étaient que quelques taches de sang bruni et au roseau, de la même encre :

Combien de fois, main droite, as-tu blessé main gauche ?
En a-t-elle conçu de la colère ?
A-t-elle jamais cherché à se venger de toi ?

Les dessins les plus anciens, ceux que le père connaissait déjà, étaient encore les plus figuratifs. Ils évoquaient les images des livres de contes que lisent les enfants, mais avec le surcroît d'inquiétude que donne une illustration dont le texte est perdu. Cela faisait des apparitions muettes qui saisissent de stupeur.

Ici, un arbre mort où sont perchés des loups. Silence et immobilité, hormis, qu'on imagine, les langues pendantes de la respiration et les mouvements secs, parfois, de la bête mal perchée qui sent qu'elle va tomber (comme bouge un grand chien qu'on porte dans ses bras). Et aussi le clignotement des yeux jaunes, qui font à travers les branches un effet lugubre d'arbre de Noël.

Là, une femme nue qui se dissimule dans une vache creuse, en bois probablement, et se met en position pour recevoir la saillie d'un taureau.

Sur cet autre, une estrade : des chiennes y sont fouettées par une femme en larmes, tandis que pleure une autre femme qui lui ressemble comme une sœur, sinon qu'elle a le corps lardé de cicatrices. Devant cette estrade, un public de sept hommes, trois à gauche, le crâne rasé et l'œil droit crevé, trois à droite, habillés en marchands mais ayant, comme les premiers, un air de haute et mystérieuse distinction ; le dos du septième, assis au centre, dans ses habits d'effort et de dénuement, est d'un sous-prolétaire de cet Orient qui se réjouit de peu.

Mais voici qui, déjà, altérait la figuration : incomplètes, hâtives, superposées, des têtes de chevaux, nombreuses et relevées comme dans une traversée de fleuve.

Le reste était tellement confus. Agacé par l'envie de fumer, l'homme se leva. Le second article était encore plié sur le bras du fauteuil. Il le lut debout en faisant les cent pas.

Sunday Express, 8 septembre 1945

La jeune artiste tenait un carnet de rêves

S. A., l'artiste espagnole âgée de vingt-trois ans qui a sauté dévêtue d'un immeuble de Queensway, lundi, s'intéressait à la psychologie des rêves et croyait avoir des pouvoirs surnaturels. Le coroner de Westminster (M. J. W. Hulme) a révélé hier qu'elle consignait dans un carnet ses propres rêves et leur interprétation. Sa curiosité morbide pour la psychologie et le déséquilibre mental que lui avait causée une liaison amoureuse ont conduit à sa fin tragique.

Luis A., le père de la jeune fille, a déclaré qu'un instant avant qu'elle ne sautât pour se tuer Sonia vint le trouver dans sa chambre. Il est convaincu qu'elle était alors « complètement folle ». Elle dit de façon incohérente qu'elle était le chaînon manquant entre l'homme et les animaux, et qu'elle allait fonder une nouvelle race d'immortels. Un verdict a été rendu de « suicide en état de déséquilibre mental ».

Son carnet de rêves ! Ce n'étaient que des notes de lecture, ce n'étaient que les rêves des patients de Freud. Son carnet de rêves est tout entier dans ses dessins. Sur la couverture jaune de l'*Interprétation des rêves,* d'un crayon bleu de charpentier, elle avait écrit : *Affreux limier !*

Voici un rêve de Sonia : c'est un visage qui lui ressemble, dessiné à la plume avec des rehauts de gouache. Elle a les yeux cousus d'un brin d'herbe haute et, glissée dans un point de couture, deux fois, la tige courte d'un bleuet. Il y a dessous cette légende : *Ah, tu voulais des yeux bleus, ma fille !*

Le procès qu'on intentait encore aux suicidés, en Angleterre, n'était plus que pour la forme ; il arrivait toutefois que le procureur étendît son réquisitoire aux méfaits de certaines idées nouvelles, mais ça n'était pas la colère qui tenait désormais le père de Sonia. Il se rappelait seulement qu'au Moyen Âge les juristes disaient de ceux qui avaient cherché à mourir : *il a voulu se défaire.*

Croisant le concierge dans les escaliers, il ne put s'empêcher de lui lancer un regard noir. Le bonhomme n'était pas particulièrement rouge, il n'avait pas le nez fleuri d'un ivrogne, rien de sournois dans les yeux. Reste qu'il montrait cet air tout nouveau, d'importance, l'air d'un secrétaire du malheur : il était celui que la presse, après la police, était venue interroger avec des hochements de tête pour lui lubrifier l'élocution… Parler, parler encore et répéter. C'est un suicide. Oui. Elle a sauté toute nue, du sixième, j'étais là, j'ai tout vu, c'est moi qui…

Le père était de retour à l'atelier. Dehors, il entendit soudain le fracas de matériaux qu'on déchargeait d'un camion. Des ouvriers avaient été envoyés par le propriétaire pour remplacer les cadres de fenêtre, à présent que la guerre était terminée. L'ancien ambassadeur prit la fuite, sans répondre au chef d'équipe qui l'interpellait, et sans même songer qu'il aurait pu lui dire : je suis chez moi, c'est ici l'atelier de ma fille. Ils avaient bien vu qu'il serrait quelque chose contre sa poitrine et sûrement ils hésitèrent à crier au voleur. Mais l'homme s'éloignait déjà. Et il était bien habillé.

C'était un livre tellement anodin, tellement peu accordé aux préoccupations de sa fille, qu'il n'y avait d'abord prêté aucune attention. Un de ces romans français des années trente laissés derrière eux par les voyageurs, à l'hôtel, dans les maisons de vacances, et dont plus personne ne lirait davantage que le début, un soir de brouille ou d'insomnie. Il y était question d'un amour adultère sur la côte basque, d'automobiles, de vêtements et d'ennui bourgeois. S'étant souvenu que Sonia dessinait dans les marges, qu'elle glissait des notes, des lettres, des photos dans ses livres, c'était encore ce qu'il cherchait d'une main lasse et comme battue d'avance.

À la fin du roman, dont le papier n'était pas mauvais, il découvrit un journal. Sur des dizaines de pages, Sonia y avait écrit en croisant ses lignes avec celles du texte imprimé. Ça n'était pas toujours facile à lire.

Journal de Sonia

Tu ne perds rien pour attendre. Toutes les fois que j'ai entendu cette expression, elle m'a paru très juste, et je l'ai reçue comme une bonne nouvelle. J'aime attendre. Ceux qui attendent ne manquent rien, parce que attendre n'est pas différer. C'est jouir non seulement de ce qui est donné (c'est-à-dire tout, toujours et simultanément, c'est-à-dire presque rien), mais aussi de ce qui, peut-être, ne le sera jamais, et à quoi l'on ouvre en soi un espace (surcroît d'espace au-dessus et au-dessous du réel cadastral). Et pourtant quelle impatience en moi !

J'ai lu que les flocons de neige ont des dizaines de formes répertoriées, mais surtout qu'il y a, en plus de l'eau et du froid, une chose indispensable à la formation de la plus pure et vierge des matières, et c'est : une impureté. Chaque flocon éclôt sur une particule en suspension dans l'air, un brin d'étoupe, une poussière, la cendre d'un bûcher funéraire, une squame de cuir chevelu, n'importe quoi d'infime et d'impur que le vent charrie sans distinction ni embarras. C'est une belle philosophie.

Maman est morte dans la nuit, 2 juill. 42. Le médecin m'avait dit que nos sangs n'étaient pas compatibles. Je n'en crois rien. Papa serre les dents. Silence, silence, silence. Il se cramponne aux choses à faire, il en inventera aussi longtemps que nécessaire pour ne pas se laisser *envahir* [souligné deux fois], et c'est bien en quoi il est le plus semblable aux autres.

Elle a tué son cancer. (Une femme qui marche le soir au bord de la falaise. Un type hirsute surgit soudain des buissons pour l'embrasser, pour l'étreindre. La femme bascule avec lui dans l'abîme. Elle ne se soucie que de lui échapper.) Elle aurait dû acquiescer à l'emballement de ses cellules, et changer avec elles, devenir, ne pas cesser de devenir. C'est l'échec où nous nous obstinons, mais un jour la voie s'ouvrira. Je [deux lignes illisibles].

Si l'on a vécu son enfance dans une absolue liberté et que l'entrée dans l'âge adulte ne s'est assortie d'aucun harnais, d'aucune obligation ni désir de servir, de consacrer les bonnes heures du jour au travail, aux soins des enfants ou des animaux, alors la faim de liberté se déplace, elle mute, elle trouve aussitôt d'autres murs à quoi se heurter, d'autres insuffisances : la société, bien sûr, la liberté qu'on n'a pas d'y faire ceci, d'y être cela, mais aussi la limitation du corps et la limitation de l'esprit.

Quand la vie cessera-t-elle de se passer ailleurs ?

Tout à l'heure, aux abords de la gare de triage, lorsqu'un train noir a déboulé à pleine vitesse laissant dans l'air de grands copeaux tourbillonnants, je me suis soudain sentie terriblement attirée par sa masse perforante. J'ai dû crier vers le sol pour ne pas me jeter dans l'excès de matière, pour ne pas courir au-devant du choc, à la rencontre de ces milliers de tonnes aveugles et sourdes. Image de ces vierges des îles qui se précipitaient dans la bouche d'un dieu volcan, et qui chantaient, des fleurs dans leurs cheveux, le ravissement aux lèvres et dans le regard.

Du reste – mais pourquoi ce besoin de l'écrire ? – je n'ai pour la mort aucune curiosité.

Je poursuis ma lecture de Freud avec autant d'appétit que d'agacement. Impression de visiter une capitale des antipodes sous la conduite d'un fonctionnaire de l'administration coloniale. Juché sur l'éléphant de son rationalisme, il synthétise calmement le dédale où je voudrais me perdre, il le ramène aux dimensions d'un intérieur bourgeois : le séjour, la chambre des enfants, la chambre des parents, les cabinets, le placard noir. Ses méthodes me sont parfois à la limite du supportable, son côté détective à la manque, ou plutôt cruciverbiste, car il ne résout souvent que les énigmes qu'il a lui-même conçues (de celles que produisent les gazettes pour les esprits vacants, les ennuyés de tout). Il ratiocine à travers bois. Dans sa mallette : une provision de mamelles et de moustaches adhésives. Hop, hop, hop, il en colle sur tout ce qui bouge, sur ce qui ne bouge pas, il en colle à tour de bras, sur la face des singes, sur les silos à grains, sur les troncs d'arbres, sur les vaches, les fétiches, les rampes d'escaliers, papa, maman, papa, papa, maman, maman.

Combien plus de vertige dans ce seul passage de l'Ancien Testament : « Suis-je une mer ou un monstre marin, pour que tu établisses des gardes autour de moi ? Quand je te dis : mon lit me soulagera, ma couche calmera mes douleurs, c'est alors que tu m'effraies par des songes, que tu m'épouvantes par des visions. Ah ! je voudrais être étranglé ! »

Hier, visite de Casares. Nous parlons espagnol. Après m'avoir observée un moment, Casares me dit que mon accent est très étrange. Il me dit sans savoir à quel point il me fait plaisir que la police de Franco m'arrêterait sûrement si j'étais en Espagne, parce qu'avec un accent pareil je serais aussitôt dénoncée par les braves gens. Une espionne ! Puis il ajoute en riant : « J'espère que tu ne t'es pas mise à parler anglais avec l'accent allemand ! » Pour changer de sujet, je demande à Casares des nouvelles de María. Il nous apprend qu'elle a fait ses débuts au théâtre, à Paris. Elle joue *Deirdre des douleurs,* une pièce de Synge. (Si je comprends bien : pour échapper à la concupiscence d'un vieux roi, Deirdre prend refuge dans une forêt profonde avec un beau jeune homme. Tromperies, promesses, menaces, et c'est alors comme une battue de mots pour les débusquer de leur éden. Sur le point d'être vaincue, Deirdre se jette dans un abîme et rejoint l'autre monde.) Au collège, à Madrid, on disait qu'elle était moins jolie que moi, mais sa voix… María Casares avait une voix de garçon, une voix d'un autre genre. Elle chantait presque sans bouger les lèvres et son menton tremblait :

Ya se van los pastores a la Extremadura
Ya se queda la sierra triste y oscura

Le soir, après la dernière alerte, violente dispute avec papa qui voudrait m'empêcher de sortir encore dans les rues noires. Son visage congestionné, étrangement fixe, comme le crépi d'un mur où s'est figée la violence des gestes du maçon.

Quand on apprend une langue étrangère et qu'on commence à la comprendre dans la rue, on s'étonne, on s'offusque de ce que les gens, ayant la maîtrise d'un si bel instrument, ne disent point des choses plus singulières. Mais dans toutes les langues, hélas, *a rose is a rose is a rose.*

Je n'étudie rien avec système. Je sais pourtant mille et mille choses pour peu que j'en aie eu un jour la curiosité. Ainsi des insectes et des oiseaux, qui ont le don de me couper la parole, l'élan : je m'arrête au milieu de ma phrase, au milieu du chemin, pour m'accroupir et observer le petit manège d'une chenille, la ligne de morse des fourmis dans la poussière, je me hausse sur la pointe des pieds, renverse la tête vers le ciel pour y suivre la dispersion des étourneaux. J'aime les divagations des hommes de science de l'Antiquité, du Moyen Âge, qui expliquent les phénomènes de la nature en parfaits chamans, inspirant un grand coup avant de céder à la fantaisie la plus pure, avec un a priori de merveilleux pour toute chose. Ceci, par exemple, dans les Voyages de Mandeville : que l'anatife, un crustacé de forme obscène, commence sa vie sous l'eau, arrimé en colonies aux rochers battus par les vagues, jusqu'au moment où il développe des ailes et se change en bernache, en canard sauvage (c'est encore *anatra* en italien).

Seul me porte vers les livres le désir d'y trouver ce que je *ne soupçonnais pas,* et c'est pourquoi je déteste les faiseurs de bouquins, les romances ficelées, cousues d'astuces, farcies de diables à ressort, de pièges à souris. Je leur préfère le bruit du tram ou les écrits intimes, les chroniques fragmentaires, la philosophie, les recueils d'anecdotes. Ou le décompte que fit de ses chemises, dans la marge d'un sonnet, le pauvre Baudelaire. Il me semble qu'on doit écrire : dire, crier, murmurer, et mille fois s'il le faut. Dit-il, dit-elle, dit-il. Lorsque je lis « expliqua-t-elle » ou « se justifia-t-il », j'en ai le cœur qui se soulève.

Bulles infimes de solitude, les vagabonds, les amoureux, les lecteurs, font dans la soupe collective un ferment qui nous sauve. Et si la plupart de ces bulles échouent à remonter à la surface, qu'importe : ça travaille, ça lève.

Nouvelle provision de livres *allemands* (mon esprit de contradiction). Je jette d'épouvantables romans d'apprentissage. Et soudain : *Lenz,* de Büchner. Dès les premières lignes, c'est tout le firmament qui chavire. Je le lis deux fois, comme on le fait avec les lettres d'amour, et c'est bien la lettre la plus belle que j'aie jamais reçue. Qu'il me semble proche, ce Jakob Lenz ! Comme lui, je ne cesse d'*entrer dans la montagne,* ce lieu où, reprenons : la route importe peu ; on n'éprouve point de fatigue, même si parfois on trouve pénible de ne pas pouvoir marcher sur la tête ; on ressent bientôt une poussée dans la poitrine, à mesure qu'on cherche quelque chose, comme des rêves perdus, et qu'on ne trouve rien : tout paraît alors si petit qu'on aurait envie de mettre la Terre à sécher derrière le poêle ; d'autres fois – sons, ciel, vent –, c'est une déchirure dans la poitrine, prélude à deux sensations contraires, celle de pouvoir recouvrir la Terre de son corps, puis celle de s'enfouir soi-même dans l'univers, et alors point une jouissance qui fait mal – bien sûr, on ne se souviendra de rien ; marchant encore, on se sent soudain effroyablement solitaire, désireux de se parler à soi-même mais incapable de le faire ; on ose à peine respirer : on est dans le vide ; et peu à peu on se persuade qu'on est suivi par quelque chose d'insupportable pour un être humain – c'est qu'il est temps, pour aujourd'hui, de ressortir de la montagne.

Le plus *voyant* et le plus désarmé des êtres : j'ai l'impression que c'est à la grâce de son désarroi même (la nuit et le relief, pour le contrebandier) qu'il aura pu m'apporter autant d'armes nouvelles.

Cette intuition me vient qu'on ne meurt peut-être jamais que devant témoin, afin que l'ordre du monde ne soit pas renversé. S'il y avait eu un bonhomme dehors, lorsque Lenz est tombé de sa fenêtre, ou une bonne femme vidant son petit seau d'ordures, alors Lenz ne se serait sans doute pas relevé. Il n'aurait pas essuyé le sang à ses lèvres d'un lent mouvement de l'avant-bras, avant d'aller renaître à la fontaine glacée. Il serait resté sur le pavé froid, tragique par obligeance et mort par conformité.

À l'aube, les arroseuses mouillent la poussière des rues ; elle redeviendra avant midi cet empêchement de voir et de respirer que l'on croyait à demeure chez les porteurs de babouches ou de sombrero. Poudre de briques, plâtre des murs et des plafonds : on dit que trois cent mille bombes sont tombées sur la ville.

Un gamin d'une quinzaine d'années est assis dans la vitrine crevée d'un marchand de livres d'occasion. Le bâtiment menace ruine, il a perdu son toit et son dernier étage, les occupants ont été évacués. Dans son costume de laine, avec une cravate qui ressemble à la ceinture d'un vieux peignoir, le bonhomme est en pleine lecture. Il a le pied sur une pile bien ordonnée – son premier choix – tandis que tous les autres livres, au sol et jusque sur le trottoir, s'étalent, se chevauchent et font les écailles d'un dragon terrassé. Il y a là comme une *sécession* et la guerre s'en trouve repoussée à mille lieues, au diable.

— Dis, c'est un miroir ou un trou de serrure ?

— Hein ?

— Dans ton bouquin, tu regardes vivre les autres ou tu ne vois partout que toi ?

Il a d'abord gardé sa moue, celle qu'on prend à cet âge quand on est abordé, puis il a tâché de se vieillir en avançant les épaules, en rapprochant ses sourcils et en faisant sa bouche plus étroite. Il a inspiré et il a dit : T'as une cigarette ? Je lui ai souri. J'ai tourné la tête de droite et de gauche pour voir d'où arriverait le plus vite un passant, et au premier venu j'ai demandé : *Do you have a smoke, monsieur ?*

On l'a fumée ensemble, et le petit bonhomme semblait aussi fier que si je l'avais embrassé devant tous ses copains.

Il est très jeune, quatorze ou quinze ans, et pourtant il ne cesse de parler de son enfance, de la Galicie, de la neige le long des façades de bois, plus haut que les fenêtres, et du feu de la forge de son oncle Abraham. Il trimballe des bouquins, dort où il peut, chaparde chaque jour de quoi manger. Il est farouche comme un oiseau.

À tout hasard (comme cela est loin de : *au hasard,* qui n'est qu'indifférence.) C'est ouvrir une porte quand on devrait poursuivre son chemin, et tourner les talons quand il vous est intimé de choisir entre pair et impair, noir ou rouge, le 16 ou le 3. Lorsqu'on prononce *à tout hasard,* on sent un flegme et ce don de l'attente curieuse, mais sans exigences, auquel la fortune se plaît à remplir les mains.

Tandis que la ville fourmille de bataillons de sapeurs, d'équipes de terrassement, de volontaires de tout poil, tandis que les femmes en uniforme distribuent du lait, cornaquent des gosses, agitent leurs maracas de charité ou de patriotisme, tandis que les commerçants font *business as usual,* chargeant chaque transaction d'un défi personnel à Adolf Hitler, tandis que les statues rêvent sous leur coffrage de sacs de sable et de contreplaqué, je vais avec les derniers oisifs me poser sur la grève du fleuve, sur le sable limoneux à marée basse ou sur les pontons de fortune, menuisés à la hâte quand l'ancien parapet a croulé dans l'eau. Et je regarde le grand mouvement de la Tamise, contrarié de chalands, d'oiseaux, de poissons obnubilés.

Un bateau rentre de la pêche. Une nuée criarde l'enveloppe et les ailes font en petit un millier d'échos aux deux bras déroulés du sillage : convulsions, cris, becs qui happent, becs qui béent, ventres pleins, ventres vides, la nuée a tous les âges à la fois et ne connaît nul vieillissement.

Ceux qui donnent du pain aux oiseaux finissent toujours, vieillards ou fillettes, par prendre en grippe les plus rapides, les plus avides des oiseaux, et, tâchant de les écarter du pied, ménagent un peu d'espace et de pain pour les oiseaux malingres, les petits piafs qui se font dépouiller, mordre, et cet acte naïf de justice franciscaine est dans l'ordre des choses, et ça ne change rien. On ne nourrit toujours que la nuée d'oiseaux, et peu importe par quelle bouche ou bec ou estomac ça passe.

Hier soir, au salon, j'ai commencé un nouveau portrait de papa dans son fauteuil, je n'ai fait que l'oreille, cette complication cocasse que les chats et les chiens prennent plaisir à lécher. Et ce matin, j'ai compris que je ne dessinerai plus de visages. J'ai d'abord dédoublé l'oreille symétriquement, en papillon, puis j'ai couvert la feuille en adoptant le rythme des circonvolutions de la chair et du cartilage.

Chevaux de fiacre portant œillères, chevaux de force aux yeux bandés et dont les naseaux s'ouvrent tant et plus au-devant de la route, comme à vouloir humer la lumière et les formes. Londres est aux chevaux, qui tolèrent sous leur ventrière l'existence des chiens, des chats, des rats, la course des uns derrière les autres, la drouille pour la pitance et les jeux du flair, les chiens, les chats, les rats, ces petits animaux qui, à la différence des bêtes de somme, s'accouplent sans assistance ni autorisation.

Pourquoi la tête du cheval nous émeut-elle si fort ? C'est la douceur de la lèvre et des naseaux de velours gris – tandis que sous l'œil on sent l'os, couvert à peine d'un cuir rêche, le crâne promis à la blancheur. Voilà pourquoi nous attendrit tellement la tête (horrible) des chevaux : le plus doux du vivant sur la promesse infaillible de sa destruction.

Un cheval, on a vite fait d'en faire un copain, ou un esclave, un véhicule, un gagne-pain, mais six cents têtes de chevaux par quoi transitent de l'air et du fourrage, et qui hennissent et soufflent et renâclent, cela devient intéressant, surtout si l'orage vous met là-dedans un courant de panique.

On voit bien que ça s'est atténué avec la guerre, mais les Anglais restent les gens au monde les plus attentifs à ne pas se toucher, les plus adroits pour s'éviter, fût-ce dans la cohue, pour que leur corps ne heurte ni ne frôle celui du voisin. Or moi j'aime, dans l'autobus, dans les files d'attente, dans les abris, y aller des deux mains, et plaquer mes hanches, mes épaules, mon ventre, contre le corps des autres. Et puis je cligne des yeux, je joue du pied, je fais des signes équivoques avec les doigts. Alors, forcément, on me lance de mauvais regards, on me souffle des mots sales à la figure, les femmes surtout, et l'une m'a même tiré les cheveux, parce qu'elle avait compris qu'elle ne pourrait pas m'humilier avec ses paroles.

Je m'habille de brun-violet, qui est le mélange de couleurs des enfants, des fleuves, des orages.

Avec une fille. Il me manquait peut-être de l'aimer (je veux dire qu'il y manquait ce principe alchimique de jonction, de *sympathie* qui ébranle, qui entame les parois). Mais quelle absolue précision dans le plaisir… Je m'effraie de ce corps, le mien, qui *obéit au doigt et à l'œil.* La science sûre, délimitée, de cette fille me déplaît en même temps que mon corps y répond – et combien ! – mais c'est le caractère soudain mécanique de cette réponse qui me blesse. La fille m'agace et m'enflamme assez pour amorcer la vague et je lui sais gré, surtout, qu'elle sache m'accorder tout le temps que cette vague exige, ses ondes de plus en plus larges et lentes. Pourtant, ce que nous restons seules ! Le mélange ne prend pas. Ce sont deux pierres dans un verre d'eau, deux pierres dans un petit bassin d'électrolyse. Et pourtant quel soulèvement dans le plaisir ! Et pourtant seule, jamais rejointe ni modifiée, c'est une flambée qui cesse. Cet opium-là, dont elle a fait sa passion exclusive, ramène encore au même carrefour : la joie enfantine des départs s'est perdue. Mais c'est aussi qu'il y manquait l'amour. Un début d'antipathie, ce serait déjà quelque chose (chimiquement). Exaspérée, je la mords, elle me gifle, nous rions. Décidément, non, elle est gentille. Ses yeux très pâles sont de petits Sisyphe qui grimpent, grimpent, et qui sans cesse glissent. Il y a des amies à elle dans le salon quand nous rouvrons la porte. Toutes fument, plusieurs sont en uniforme (partout de ces soldates en ville, de ces bénévoles, de ces réquisitionnées, on expédie même dans les campagnes des bataillons de prostituées que l'on force à creuser : *Dig for Victory!* C'est le scoutisme universel).

Lettre de Neill qui m'invite à Ffestiniog, où Summerhill s'est transféré. La maison est pleine de petits nouveaux (que leurs parents veulent surtout mettre à l'abri du Blitz) et la nature, me dit-il, absolument sauvage (cela changera de Leiston, avec ses champs de navets au bord d'une mer grise). Papa, bien sûr, trouve l'idée excellente. Alors, pour l'embarrasser, je vais chercher l'une des brochures de Neill, que je me mets à lire : « J'affirme sans idée de blasphème que l'enfant est plus proche de Dieu dans la masturbation que dans le repentir. » Le cou se raidit, les poings s'ouvrent et se ferment, l'effet est immédiat. L'idée même qu'on puisse associer les mots d'enfance et de sexualité le heurte, et plus encore s'il s'agit de petites filles. Mais au fond, il ne le conçoit pas même pour les femmes. Il est de ce genre d'hommes aux yeux desquels le sexe des femmes est une affaire strictement réservée aux messieurs, dans la pratique comme dans le discours. La sexualité féminine ? Haussements d'épaules, ronchonnements, revers de main : ça n'est pas un sujet. Et la psychanalyse, la pédagogie nouvelle, dont il a été par principe un défenseur, il les considère à présent du plus mauvais œil. Il dit que tout ça finit par ressembler « aux indécents confessionnaux des catholiques ». Passons. Je sauterai dans un train la semaine prochaine, direction North Wales, et je m'occuperai là-bas des plus petits. J'aurai plaisir, je crois, à les faire dessiner. À les laisser dessiner. À dessiner à côté d'eux.

Ffestiniog, juin 1943. Ma fenêtre, au second, est tout électrisée du vol des hirondelles. Ça vibrionne comme un atome. Elles plongent depuis leurs capsules, sous l'avancée du toit, elles plongent et crient dans le vide avec la nostalgie de l'eau.

Je me défais ici de l'illusion que la nature sauvage est un idéal. Même en l'absence de l'homme, les espèces sont séparées, dominées par l'amère obligation de se reproduire à l'identique. Le rat d'égout n'a pas une vie moins sauvage que ce drôle d'oiseau qui cure les dents de l'hippopotame. La libre nature est une foutaise, hormis peut-être chez les organismes à métamorphose, les virus, les bactéries, tout ce qui prolifère, mute, contamine, et qui cède comme les dieux à toute fantaisie. Métastase ! *Je change de place !* Tel est le dieu unique de mon Olympe, dieu des vitesses et des transformations.

À la gare, j'ai vu ce petit chien dont la tête dépassait d'un sac à main et branlait au rythme de la marche, tandis que la bouche fardée, au-dessus, lui racontait des choses qui le tenaient, qui le baignaient, et qu'il ne comprenait pas. Le petit chien est devenu un appendice de névrose. C'est très intéressant! La main baguée qui sans cesse le touche et le papouille ne se distingue plus de lui. Ces deux corps-là s'hybrident à merveille, les doigts plongent dans les poils, sans y penser, comme on se passe la main dans les cheveux. C'est très intéressant.

Non qu'il faille habiller les singes en petits garçons, grooms ou pages enchaînés sur l'orgue de Barbarie, non qu'il faille se rouler dans les feuilles et la crotte en grognant : il y aura d'autres moyens d'abattre les cloisons entre les espèces. À commencer par le rêve. Ce que j'aimais, aux pires nuits du Blitz, dans les caves, c'était de me blottir contre les corps étendus sur le sol, des corps sans noms ni qualités, hommes et femmes un peu épais, aux muscles relâchés, à la peau assouplie dans leurs vieux vêtements. Ils me faisaient penser aux apôtres endormis au mont des Oliviers. Et j'avais envie de partager leur sommeil, tandis qu'au-dessus de nous les victimes, les héros, les bourreaux, proclamaient la solitude universelle. Une portée de chiots encore aveugles et gluants qui dort dans la satiété de son premier repas : elle est parcourue par un rêve collectif, il y passe des ombres, les museaux se retroussent, les pattes remuent, les yeux tremblent, froncés. Pour quelques heures encore, le ciel n'est pas séparé de la terre, la terre n'est pas séparée de l'eau.

Les animaux individués, les animaux des livres d'images, avec leur vie aussitôt déroulée en narration, ne m'intéressent pas. Il est content le chien, il est fâché le lion : non. Je préfère me pencher sur une nativité de limaces. Car même l'animal le plus sauvage est tout aussi limité, tout aussi entravé que nous autres, prisonnier d'une espèce et de son affreux langage de domination. La liberté n'est plus que chez les tout-petits, les parasites, les levures, les bacilles. D'où ma curiosité d'être piquée par ces animaux-seringues qui font le don de substances agissantes, porteuses de fièvres, de délires et de mutations.

Après la première vague de bombardements, les autorités sanitaires ont décrété la destruction de tous les venimeux du zoo de Londres. Mais combien en était-il arrivé chaque jour, depuis l'invention de la marine marchande, dans les plis des tapis, dans les ballots de linge, les sacs de café ou de noix de cajou, de ces serpents, de ces myriapodes, de ces porte-fièvre éberlués qui se carapataient, la nuit venue, quand avait cessé l'inquiétant roulis ?

Zarathoustra : « Et même moi, moi qui suis porté vers la vie, je trouve que les papillons, les bulles de savon et ce qui leur ressemble parmi les hommes, sont ce qui connaît le mieux le bonheur. » Nous avons passé la journée au torrent, à bondir depuis les rochers dans une vasque profonde. La cascade y faisait tant de remous que nous avions la peau parcourue de bulles d'air. Sensations de pure jouissance. Au bout d'un moment, les enfants qui s'élançaient ne criaient même plus : regarde! regarde! ça n'était que silence béat, entrecoupé de rires, et le merveilleux vacarme de l'eau.

Nombre de vaches portent ici sur les flancs de larges bandes de peinture blanche, de même que les troncs d'arbres des bords de route. Les voitures roulent la nuit tous feux éteints. Sur le goudron, les vaches ont l'air ivres, elles s'emmêlent les sabots, titubent et trébuchent comme des hommes en escarpins.

J'aurai passé quatre ans à Summerhill, de quinze à dix-neuf ans. Je ne peux pas lui faire crédit de tout ce qui, n'importe où, émeut ou blesse ou bouleverse une fille à l'âge des métamorphoses. Pour le reste, on y jouissait d'une liberté jamais vue dans une école. Elle ne supprimait pas la cruauté entre nous, au contraire, mais elle rendait au moins la sournoiserie sans objet. La honte aussi nous était inconnue. C'est beaucoup. Pourtant, ça restait une école. Sans grilles, sans serrures, mais avec les liens de la confiance donnée, et la menace assez énorme que fait peser la seule alternative possible : l'école à la baguette.

Ainsi donc, un enclos dans lequel tout est permis, c'est-à-dire un zoo. Et par définition, il ne manquerait plus, dans un zoo, qu'on interdise aux animaux de faire la grimace, de danser, de copuler, de bouder dans leur coin. Et moi, tandis que les libres enfants de Summerhill se caressaient les uns les autres, moi je faisais l'amour avec des ouvriers de la Garrett & Sons. Ils sentaient le fuel et la graisse à vérin.

Neill défend sa méthode en affirmant que le plus antisocial des voyous, une fois soumis à cette forme de liberté maximale, devient rapidement un « partisan de l'ordre et de la loi ». Donc lui aussi, il ne travaille qu'à l'adaptation des gosses au monde comme il est, comme il va. Forceries, porcheries, bordels, casernes, jardins d'acclimatation. On n'en sort pas.

Ena, pour accroître les quantités de nourritures, a fait enregistrer l'école comme établissement végétarien. Ce sont midi et soir des orgies de patates, navets, porridge. Après quelques jours, je crois que je pourrais bouffer un écureuil.

Retour à Londres. J'ai annoncé à papa que j'allais m'installer à l'atelier. Il le prend d'abord très mal. Aussitôt, je l'étourdis de questions à régler, d'arguments pratiques, il s'apaise, il commence à s'y intéresser, et nous voici partis pour chercher une vasque, une lessiveuse. Les serveurs du *Majorca,* des gars de Valence, se chargent de transporter mon lit sur une charrette à bras. Papa se réjouit surtout de ce que, travaillant la nuit, je n'aurai plus à marcher dans le noir pour rentrer me coucher.

Dans ses articles, il a toujours fait de l'émancipation de la femme l'un des premiers devoirs de la société nouvelle. Et avec ça, il en a une peur contre laquelle il ne peut rien. Il doit y avoir dans la femme quelque chose d'incontrôlable, d'irrationnel, un risque constant d'irruption, de désordre, qui le terrifie. Ne l'ai-je pas entendu dire que la naissance d'un enfant était *le remède à l'hystérie de bien des femmes* ? C'est le bohémien qui se défie toujours de la dinguerie possible de son ours.

La naphtaline de l'esprit de sérieux. Le calme. Le calme. Il en cimente toute la maison, avec cette gravité qu'il jette comme du sable sur les départs de feu : fous rires, chagrins, enthousiasmes, trop fortes joies. Que ça puisse déborder, exploser, sortir de ses limites… il veille à l'empêcher avec un savoir-faire d'infirmier des asiles. Chut, chut ! Allons, allons ! Et des raclements de gorge, et des regards noirs par-dessus ses lunettes.

Importance de la respiration, à quoi tout se mesure. Infaillible baromètre : apnée dans l'irrespirable, ivresse des sommets, hyperventilation de la passion, imperceptible souffle du bonheur, l'oubli de respirer dans l'étonnement, haleter, la poitrine comprimée, manquer d'air, ne respirer que du bout des poumons.

La mère de papa, au Pays basque, disait pour rire, pour provoquer les gens trop raides : « Le père d'un enfant, on en est toujours sûr, mais la mère… » Je l'aimais beaucoup, Amatchi, athée, sorcière inefficace, et un peu folle aussi.

Je marche tant et plus. Les rues de Londres sont parsemées de débris de verre qui crissent sous les pas, sous les roues, les sabots. Dans chaque rue, des immeubles coupés par le milieu : on voit ici un lustre à pendeloques, là une armoire efflanquée, du papier peint à fleurs, la langue de chien d'un grand tapis qui pend, et pourtant il n'y a rien. Une maison qu'on éventre laisse échapper tout son secret. D'autres fois, il ne reste que la façade, et le ciel est dans toutes les fenêtres. L'odeur du Blitz, c'est la poussière, le brûlé, le renfermé des caves, mais aussi, terriblement fort, la sève et la résine des arbres violentés, fendus, déracinés.

Je me souviens rarement du nom des rues, je m'en moque, je désigne les lieux par un point saillant, statue, fontaine, enseigne peinte ou néon éteint, des totems, comme ce formidable bouledogue empaillé dans une vitrine de Burlington Arcade.

Je couvre sans fatigue des distances considérables. Je marche et soudain je m'arrête. Je me tiens droite, les bras le long du corps, les yeux grands ouverts et qui ne cherchent rien de précis, qui se laissent emporter quand ça converge, quand ça rayonne, quand ça s'échappe ou se disperse (une fenêtre s'ouvre, une volée de pigeons s'abat sur la gouttière, un visage blême apparaît à rebours de la foule).

Je m'arrête sur le boulevard, dans la ruelle, au milieu de la place, sans faire aucun des gestes de ceux qui attendent : je ne regarde pas de droite et de gauche, ne montre nul souci de l'heure ou du temps qui passe, ne vérifie ni mes poches ni mon sac à main (je n'ai pas de sac à main). Et quand un garçon ou un homme m'aborde et me demande si j'ai rendez-vous, besoin d'aide, le temps de prendre un verre ou de faire quelques pas, je ne lui dis pas toujours non. Mais comme j'aime demeurer longtemps debout, seule et muette pour sentir les présences ténues, les vitesses bouleversantes, les charrois d'odeurs et de sons minuscules, je sors de plus en plus tard, bien après minuit, dans les quartiers laborieux, sans débits de boisson, ou dans les quartiers bourgeois, dont le silence est construit, protégé, surveillé à la façon d'un coffre-fort.

Et je repars. Je suis une jonchée de feuilles, qui dévale, tourbillonne, s'élève, retombe, s'arrête, s'élance à nouveau, se divise, se mêle à d'autres tas de feuilles, plus jeunes ou plus anciens, accueille un papier gras, une page de journal, un morceau de ficelle, se laisse acculer dans une impasse, rebrousse chemin, explose en gerbe folle sur une bouche d'aération, paie son écot à l'eau de la rigole, espère et trouve les jambes nues d'un enfant, n'est aucune des feuilles pas plus qu'elle n'est le vent, elle est la danse, elle est dansée. Fugace impression de me disperser enfin, mais le corps résiste, le pavé, le mur, et même l'air et l'eau m'opposent leur matérialité, leur permanence obtuse.

J'ai accroché très peu d'images aux murs de l'atelier : quelques dessins en cours et la série d'héliogravures sépia que j'ai pu apporter d'Espagne. Ce sont des agrandissements du *Jardin des délices,* devant lequel, enfant, je m'arrêtais au musée du Prado, et dont les couleurs me sont toutes présentes en mémoire, des couleurs qui tranchaient avec la gamme des bruns, des ocres et des jaunes dans laquelle nous vivions.

Il y a là cet ange qui se fait berner, auquel on présente une cruche pendue à un bâton et qui croit peut-être que c'est la lune, ou le sourire de sa maman ? Sous ses ailes couleur de crabe ébouillanté, un frou-frou de pétales d'œillet pâle.

Des Ève noires à la hanche fleurie. Un chevalier à pourpoint d'oiseau et tête de chardon rouge. Les adorateurs d'une fraise des bois, nus, adorablement. Cohue qui sort de l'eau pour régresser dans l'œuf blanc dont on se demande bien qui le refermera, et comment. Cabrioles d'amour, le poirier ventre à ventre, et les orteils là-haut en colloque muet. Le paradis ne peut être que miniature, ou plutôt, le lieu d'une inversion des échelles : lion de la taille d'un chat, oiseaux comme une femme, crocodiles ramenés aux dimensions du lézard, des cerises aussi grosses que des citrouilles et des citrouilles évidées dans lesquelles on habite, hommes et femmes dont la main se pose au garrot de souris que l'on attellera au besoin de petites charrettes. Jeu des enfants et joie de ceux qui manient la scie égoïne et la colle à bois, l'aiguille et le chiffon, pour bâtir aux enfants des univers, de petites personnes.

Don du sang à onze heures, le troisième cette année. Atmosphère très patriotique, façons un peu militaires, un peu scoutes, entre filles de bonne volonté, shake-hand de veillée d'armes, je me retiens de pouffer de rire. Je remplis mes deux flacons. L'infirmière me retire la veine de caoutchouc, pose un tout petit pansement sur l'orifice infime et m'offre une tasse d'extrait de viande de la marque Bovril, l'omniprésent Bovril – *Bovril puts* BEEF *into you!* Je le bois volontiers.

Ceux qui chérissent leur langue maternelle, sa mémoire défaillante, ses anecdotes et sa petite musique sénile, son intraitable dureté, et qui lui font des petits, des suçons, des mamours, voilà de pauvres loques incestueuses, hoquetantes, sidérées, vaines et parfaitement utiles.

Il me semble que d'avoir toujours eu deux ou trois langues atténuait un peu pour moi la tyrannie du langage. Très tôt j'ai reconnu en lui le serpent qui entrave les tout petits enfants.

Je pense au jour où, encore fillette, j'ai réalisé que maman ne m'avait pas transmis une langue maternelle en m'enseignant l'allemand, le Hochdeutsch de Basse-Saxe. Álvarez del Vayo avait eu l'idée, pour empêcher que les espions ne comprennent ses conversations téléphoniques avec papa, de faire parler leurs femmes, qui sont sœurs. Et ma surprise ! ma sidération de voir et d'entendre maman parler une langue inouïe, un dialecte heurté, terreux, cuit et fumé durant des siècles dans une vallée-marmite de l'Oberland bernois, une langue râpeuse, raboteuse, qui lui donnait la marque d'une race à part, d'un oiseau au chant disgracieux mais rare. Son corps – si différent de celui des femmes espagnoles – émettait enfin son cri. J'ai ainsi échappé au père de ma mère, à cet Helvète raide dont j'imagine qu'il foudroyait du regard les épis mal venus, les poules constipées, les chiens sales.

En basque, il n'y a de masculin ou de féminin que dans l'adresse à l'autre, c'est-à-dire dans la relation. La chose en soi n'a pas de genre. Tu donnes son sexe à la lune quand tu lui parles. Le beau Narcisse, ce devait être en basque qu'il se faisait la cour.

Je me demande ce qui apparaît en premier, d'un nouveau langage ou d'un bouleversement de l'ordre des choses. Ce n'est sans doute qu'un seul et même événement. Mais les premiers signes ?

•

Avec l'urgence de vendre où se retrouvent des tas de gens, papa est pris de fièvre acheteuse. Son ivresse est pareille à celle de tuer chez le renard, une fois entré en se raclant l'échine dans les grandes orgues du poulailler. Les volumes s'accumulent par terre le long des murs.

Quand je passe le voir, il me donne un peu d'argent (que je gaspille, que je perds, que je donne à la ronde). S'il est absent, je prends un livre sur les piles qui vacillent et menacent jusqu'aux fenêtres : du latin d'église, du grec, du castillan, que sais-je encore, et je vais le vendre chez *Hatchards,* sur Piccadilly.

Un jour, c'est l'affreux vélin d'un *Décaméron* qui se change en une liasse de billets défroissés. Le vélin, c'est la peau de veau mort-né dont les livres de la fin du Moyen Âge étaient recouverts, blanchâtre et translucide, d'une douceur froide qui évoque les sévices, les tourments, la chair triste. Et pourquoi ? Comme dans le conte : la peau d'un âne mort sur une femme convoitée, un moyen de dissimuler la beauté et les joies.

Mais désormais les livres se trouvent partout et ne sont plus jalousement gardés. Aucune époque auparavant ne les a laissés à ce point croître et se multiplier, se répandre, se perdre dans les greniers, dans les caves, provoquant l'effondrement de leur valeur, mais du même coup leur assurant une forme d'éternité : le peu de soin qu'on aura eu des livres exclut désormais qu'on puisse les détruire. Quant à la Bible, elle est dans toutes les maisons, dans le tiroir des tables de nuit des hôtels, dans les églises et dans les synagogues. Il y a des gens au coin des rues qui vous la donnent en souriant et leur joie est telle, quand vous l'acceptez, qu'ils vous proposent un repas chaud, une couverture, des vêtements propres.

Puisqu'on ne se connaît pas, je m'amuse à suivre des gens à leur insu. Je les prends en filature jusqu'à la déception, assez souvent, d'une porte refermée, ou bien je change de lièvre et alors je peux sauter d'un omnibus en marche pour peu qu'une silhouette, sur le trottoir, veuille relancer la chasse à courre.

Y a-t-il plus belle manière de visiter une ville ? On ignore où l'on va, mais jamais on n'est en peine de se le demander. Tout à fait comme dans la lecture. On marche derrière quelqu'un qui sait où il va, qui le sait peut-être, ou qui suit lui-même quelqu'un d'autre, et qu'importe : celui qui suit est la légèreté même, il est irresponsable.

Parfois, j'entre au cinéma au beau milieu d'un film. J'y reste debout un quart d'heure, j'y chaparde une demi-scène et je file comme le chat, sa demi-souris dans la gueule, pour en extraire le jus sous un buisson. Je ne lis pas autrement, il y a tant de livres.

[Au crayon.] Maman, je ne rêve jamais de toi ! Pourquoi refuses-tu de m'appeler dans mon sommeil ? Tu t'obstines dans la mort comme une enfant qui boude. Tu veux peut-être me punir. À moins que tu ne joues, enfin, à changer d'apparence ? Ce serait formidable. Je vais essayer de mieux voir, de me concentrer sur l'expression de ce qui me visite. Je te découvrirai peut-être derrière un masque de lièvre, de chouette, de chien ?

Nuit à Paddington, sur la berge du canal. Après le coucher du soleil, dans un pub de Delamaere, j'entends ce type au comptoir qui dit deux fois à son voisin de chope : « Mais puisque je te dis que c'est le petit-fils de Freud. » Je me retourne et le vois aussitôt, à la lueur des bougies, parmi la demi-douzaine de garçons et de filles qui occupent une table dans le fond. Il est d'une beauté sidérante. Ses yeux se plantent dans les miens. Il me fait signe de les rejoindre. Foulard criard, sweater marin à même la peau. Magnétisme des fauves, leur égoïsme pur (que l'on prend volontiers pour de la liberté). Son accent m'émeut, avec ce *je ne suis pas d'ici* qu'on y entend aux premiers mots. Lorsque je pose mon pied déchaussé sur sa cheville, il me jette un regard pareil à une gifle. Il ramène ses jambes sous le banc et se compose un visage ironique. Je le fais disparaître en fermant les yeux quelques instants.

Quand le patron annonce le dernier verre, Lucian Freud fait provision de whisky, deux bouteilles, et sans qu'il soit besoin de rien dire, le groupe se dirige vers son atelier (il est peintre). Au mur, une tête de zèbre empaillée. Sur la table, des dessins d'oiseaux morts. Il y a là une fille qui dort sur le grand lit d'une mezzanine. Les voix et les rires la réveillent. Bonjour Lorna. Elle n'est pas fâchée. Elle est encore plus belle, plus magnétique et sauvage que Lucian.

Pas un instant je n'ai pensé à Sigmund Freud.

Je lui ai téléphoné le lendemain depuis la gare de Charing Cross. *Operator? Paddington 27-43.* Allô ? Allô ? Je n'ai rien dit. Il a fait mine de s'énerver. Je vous entends respirer ! Que voulez-vous ?

« Mes rêves se sont mêlés à moi comme le vin à l'eau, et ils ont changé la couleur de mon esprit. » – Brontë.

[Plus bas, au crayon et de guingois.] Il n'y a pas de moi, pas de ça, pas de Sonia, il y a des larves d'hirondelle.

[Sur les deux pages suivantes, d'une écriture appliquée, scolaire, elle a peut-être résumé un article de science.]

La sangsue a deux ventouses, dont une seule suce. Elle possède deux cœurs (bien entendu). Cinq paires d'yeux ou ocelles. Sa bouche, en forme d'étoile à trois branches, est munie de mâchoires dentées en demi-lune, qui laissent une plaie nette comme le symbole de Mercedes. Quand elle perce la peau d'une cheville de fille ou le cuir d'un bovin, elle y injecte un antiseptique et une substance anticoagulante : l'*hirudine.* Après un repas, sa satiété peut durer toute une année. Pour le retour des matières : un anus et dix-sept paires d'orifices excréteurs.

La sangsue est rayée de plaques sensorielles. Elle est hermaphrodite (bien entendu). Ses organes génitaux mâles, sur le dixième segment, sont constitués de neuf paires de testicules et d'un pénis (seulement). Sur le onzième segment, les organes génitaux femelles consistent en deux ovaires, un utérus et un vagin (seulement). L'accouplement n'a lieu qu'une fois par an, hors de l'eau. C'est au printemps ou à l'été. Ventre à ventre. Mais une seule est fécondée, qui sécrétera un anneau muqueux duquel, ensuite, elle devra se dégager. Ce manchon se referme aux deux extrémités pour devenir un cocon de ponte, bientôt rempli de liquide albumineux où nageront des spermatozoïdes et des œufs. De cette capsule ovoïde et spongieuse, enfouie dans la terre humide, sortira une sangsue formée. À son tour elle vivra de douze à vingt ans.

Usages thérapeutiques les plus courants : ponction des contusions, traitement des laryngites (moi). Effets secondaires observés : hypervigilance, fabulation, hallucinations.

[Plus loin, sur la page laissée blanche par un saut de chapitre (dans le roman qui lui sert de cahier), un dessin : Sonia s'est représentée petite fille, étendue sur un lit, avec au cou, de part et d'autre de la trachée, les deux oriflammes noires de sangsues médicinales.]

Tu ne te transformes pas assez vite, ton aujourd'hui continue ton hier. Et ce chemin qui te suit pas à pas, c'est ton passé, déjà, qui s'engraisse de la dépouille de tes jours...

Dérégler en moi le sens de l'orientation, me soumettre au rythme et, tour à tour, être moi-même la source de la pulsation, de la pulsion. Combattre la cadence par l'arythmie : le cœur des malades et des émotifs. Je ne sors plus. Amparo m'apporte de quoi manger. J'ai si mal à la gorge que je laisse mes cigarettes se fumer seules dans le cendrier. Je me touche à m'en gercer les doigts. Quand la fièvre s'apaise au matin, j'ai l'impression de perdre mes pouvoirs. La raisonneuse reprend le dessus, et avec la scie rouillée du sarcasme [huit pages arrachées].

[Trois lignes biffées au sommet de la page suivante, puis ceci en lettres capitales :]

DANS MA FOLIE JE SEMBLE PRESQUE UNE MORTE... MAIS IL FAUT OSER TOUT... – Sapho.

Il y a au crépuscule dans les parcs de Londres un passionnant manège d'attente et d'inquiétude, une sauvagerie que tempère la transaction sordide. J'y retourne souvent à cette heure où l'on y voit encore un peu. Les hommes pressent le pas, tournent la tête en tous sens et se répètent sans doute : Dépêche-toi, il faut choisir, dépêche-toi. L'instant d'après, certains ont le cran d'allumer leur briquet pour qu'au moins le visage apparaisse, au moins la bouche.

Dans les allées de Hyde Park, c'est là que les types les moins riches viennent trouver les filles qui ont dégringolé. Entre chien et loup, elles se donnent, le dos appuyé contre un arbre ou penchées en avant, les mains agrippées aux barreaux d'une grille, ou à califourchon sur l'homme assis sur une chaise de fer, un muret. Le froid et l'humidité empêchent qu'on s'étende par terre.

Je suis émue par cette faim revenante. Nous ne sommes que le simple vecteur d'un appétit immense, cosmique, et peu importe ce regard de bon chien dans l'idiotie du malheur ou l'idiotie du rut, la langue dehors, le souffle court, qu'ils ont avant de cracher leur semence au fond d'un préservatif.

D'une conversation entre filles : « Celle-là, elle porte vraiment son sexe sur la figure… » Très bien, ça ! Quoi encore ?

J'ai rencontré un réfugié hongrois. Nous avons fait l'amour dans une cage d'escalier. Au pub, son langage d'oiseau m'a tellement sidérée que je suis allée lui prendre la main pour l'attirer dehors, tandis que ses amis éclataient de rire. Il a des moustaches laineuses et des yeux énormes, des yeux très lents, comme s'ils étaient ouverts sous l'eau. Je le fais parler hongrois pendant des heures et je m'embarque sur le roulis de sa voix. Les mots ont enfin les propriétés du parfum : ils enveloppent sans conquérir.

25 nov. 44. Cet après-midi, chez papa. Tandis qu'il bavardait avec Trifón Gómez dans son bureau (mon ancienne chambre), je tiens compagnie à Negrín au salon. Nous buvons du whisky et je suis silencieuse. Comme papa, Juan Negrín est devenu un gros homme à figure de noyé (noyé l'enfant, noyé le jeune homme). Lunettes rondes en écaille, les joues comme des escalopes, un col blanc qui résiste à la disparition du cou.

Avec un ton soudainement mystérieux (cela m'infantilise et je redoute aussitôt je ne sais quelles avances), il me dit qu'il va me montrer quelque chose. Contorsions dans le fauteuil. Il sort de sa poche son portefeuille luisant, l'ouvre, fouille du doigt dans les soufflets de cuir et en extrait une photographie aux bords dentelés.

« De ça, je n'en parle pas à ton père. Il n'a pas de sensibilité pour ce genre de chose. » Il me tend la photographie avec un mélange de hâte et de tendresse embarrassée. Où j'attendais de voir un poupon parmi la dentelle, à la rigueur une poule, une danseuse, c'est un bouledogue. Il est assis, la langue dehors, les yeux sur l'extérieur et qui se fuient l'un l'autre. Negrín me dit qu'il s'est pris pour ce chien d'une grande affection. Il me dit son nom. Bien sûr, je leur trouve aussitôt une certaine ressemblance. Je pense à Churchill mécaniquement. Et ces associations d'idées, cette façon dont mon esprit se plie au conditionnement le plus bête, m'inspirent un dégoût de moi-même que le pauvre Negrín ne peut pas soupçonner. Je souris, je lui ressers un whisky, et je me demande quel est le sens de son geste.

Mais à quoi bon raconter les choses ? à quoi bon quand je n'ai rien expliqué encore de ce que je sens.

Le dernier chien que j'ai touché m'a mordue. J'avais pris sa tête entre mes mains et, les yeux fermés, je l'avais serrée contre ma poitrine. Il essayait des quatre pattes de s'extraire de mon étreinte, il tirait sa tête en arrière de toute la force de son échine. Je voulais lui faire entendre les battements de mon cœur, mêler mon odeur à la sienne. Ni lui parler ni surtout plonger mon regard dans ses yeux vulnérables (car c'est alors, avec les bêtes, un filin d'acier que seul peut rompre le bond de mort de l'un ou l'autre). Je m'approche la tête basse, j'entre dans le cercle de son attention comme un métèque qui vient s'asseoir dans une auberge de village et ne veut pas qu'on le remarque. (Bien sûr, cela ne marche pas.) J'ai fourré deux doigts dans sa gueule, deux doigts que j'ai fait glisser sur ses gencives mauves, presque noires à la jonction des dents. Je voyais son sexe comme un bâton de rouge à lèvres. Le chien s'est dégagé en piaulant et m'a mordu la main. Ah, que j'aurais voulu me battre avec lui, le mordre moi aussi, lui crever les yeux! mais il a filé. La raclée, la gamelle, la caresse, l'ont détraqué au point d'en faire une mécanique.

Je crois avoir triomphé de mon désir de maladie. Ce qui doit être à l'œuvre dans la métamorphose, c'est la joie pure. Or j'étais comme morte, c'est bien cela. J'étais comme si je n'existais pas. On se persuade facilement que la joie est ailleurs et qu'elle est autrement. Il y a mille raisons, toujours, de douter de l'authenticité des joies de ses semblables, et il n'y a pas de pire malheur que d'en douter toujours. Il se trouve là une blessure amère, dans le refus de se livrer aux réjouissances communes, à la liesse, aux débordements naïfs, et de s'y laisser emporter, dissoudre, oublier.

Ce qui s'est fait jour en moi comme un contrepoison, c'est le sens du rythme, ou plutôt c'est l'emprise que le rythme peut avoir sur mon être entier. J'étais comme morte et soudain… J'y repense ce matin dans le tram : un beau gars, la vingtaine, les pieds croisés sur une barre d'appui, fait sonner son crayon sur une bouteille de bière, ting, ting, en syncopé sur la grille à quatre temps de la machine, le heurt des roues de fer sur la jonction des rails, tata-tatum, tata-tatum… Rythme du train, du tambour de galère, du marteau de forge, et par-dessus, le *duende,* on chante comme on l'entend, et à partir soudain trop tôt, soudain trop tard, en syncopé, on tord, on casse, on disjoint un peu la métronomie, et on commence d'être vivant.

Comme lorsque maman est morte et que je me suis jetée dans la grande ville avec l'espoir de m'y perdre, je retrouve une joie d'évadée, des enthousiasmes de jeune chat qui lutte avec les ombres, agresse les mirages.

Je renais à la joie d'avoir des yeux, des mains, des lèvres, un sexe, à la joie du corps qui étreint, court, bondit, transpire, exulte au contact d'autres corps. Je flatte mon appétit, je me nourris à nouveau comme un fauve (avec une carte de rationnement!). Pendant des mois, dans l'obscurité, je me suis laissée dépérir, ne mangeant que des graines, des germes blanchâtres, faisant comme le chat ma petite crotte au milieu des cendres, laissant ma peau se marbrer de crasse, et bientôt d'eczéma que j'enflammais de mes dix ongles.

J'ai fait, un peu tard, mon carême d'adolescence, appelant sur moi les maux des solitaires, le spleen et la maigreur.

Je me suis complue dans une morbidité de poésie facile. Le monstrueux, dans l'adolescent, c'est l'absence de l'enfant, l'enfant qu'il a jeté au fond du puits, assassiné provisoirement. Par bonheur, le plus souvent l'enfant remonte.

Sur une feuille noircie d'encre, j'ai tracé des lignes blanches en griffant le papier avec une plume de fer : un puits de mine dans lequel il pleut, c'est à ça que je ressemblais quand j'étais morte, enfermée dans l'atelier à essayer de devenir malade, ou plutôt à essayer de devenir une maladie. Un jour, j'ai senti sur mes lèvres d'autres lèvres que les miennes, au fond de mon trou, et alors j'ai compris que je devenais folle.

Une fois le tombeau rouvert, je ne dessine ni le Christ ni Lazare, mais la cave de Zarathoustra (« Jadis tu avais des chiens sauvages dans ta cave : à la fin ils se sont changés en oiseaux et en chanteurs délicieux »), et aussi le pauvre Tobie aveuglé par des fientes d'oiseaux : « Je ne savais pas qu'il y avait, au-dessus de moi, des moineaux dans le mur. De la fiente me tomba dans les yeux, toute chaude ; elle provoqua des taches blanches que je dus aller faire soigner par les médecins. Plus ils m'appliquaient d'onguents, plus les taches m'aveuglaient, et finalement la cécité fut complète. Je restai quatre ans privé de la vue. » Je connais un *cante flamenco* qui reprend la même image, ça fait :

Yo m'arrimé a la paré,
Me cayó tierra en los ojos.
Por mi mano me segué.

Je m'appuyai à la muraille,
De la terre me tomba dans les yeux.
De ma propre main, je m'aveuglai.

À la peur qui sidère l'humanité, à la peur qui nous rend durs et cassants comme du verre, il faut opposer la puissance de la faiblesse : céder toujours à ce qui pousse, pèse, perce, envahit, submerge, en ployant, en modifiant sa forme, en se diluant, en s'éparpillant. Je me suis mise à l'école de l'eau pour devenir invulnérable : glisser, couler, s'évaporer, ne tenir à rien, se diviser, s'infiltrer, ne plus arrêter la lumière, absorber les coups, ne jamais obéir à la voix, diffracter les images.

Le black-out ! Mais c'est la Nuit retrouvée, et tous ses alentours à la lenteur des astres : le crépuscule du soir, la lune qui chavire, paupière mi-close, l'aube mouillée dans le brouillard, le ciel qui s'infuse de toutes les teintes de l'hématome, à présent que s'éloigne l'atrocité des bombardements.

Pigeons sur une place d'Andalousie que le bedeau, inlassablement, envoie dans les airs en faisant claquer son grand claquoir de bois. Explosion d'ailes, brouillage blanc et gris, silence dans le beau virage qui vient brosser les couleurs des façades, et retour sur le sol avec la lenteur d'une main de pianiste : l'édredon déployé retombe sur le grand lit. Et ça roucoule et tournicote, dix mille aiguilles de boussole qui ont perdu le nord. Et clac, le claquoir à nouveau.

Depuis sept ans, en Espagne et à Londres, j'ai vécu dans la guerre comme cette volée de pigeons. Mais la nuit noire que j'aime tant, je sais qu'ils voudront la bannir à jamais, qu'ils combleront les espaces indécis, les zones sans maître ni destination. Une vague de brique et de ciment va déferler d'un bout à l'autre de l'Europe : hangars du travail, clapiers du sommeil et de la reproduction, et des couloirs de va-et-vient, nets, sans recoins sombres où s'embrasser, sans terrains vagues où dormir en été roulé dans un manteau. Papa, lui, est persuadé que la guerre a guéri beaucoup d'insomniaques et bien des troubles mentaux.

Taches de couleur derrière les yeux ou damier noir et blanc, brusque bascule, chute sans fin, le moment de trouver le sommeil est plus troublé de jour en jour. Le cœur prêt à sauter hors de la poitrine (le cœur-crapaud que vomit la mauvaise fille toutes les fois qu'elle parle – tandis que sa sœurette crachote des pièces d'or...).

Quand je dessine, ça s'apaise. Lavis, détrempe, décalcomanie, empreintes de chiffons pliés, de dentelles, de ficelles mouillées d'encre. Je romps les ensembles fermés, je connecte, j'amorce des circulations, j'opère des greffes, j'hybride des planches anatomiques, botaniques, minéralogiques, avec des bouts de cartes, de plans de ville, des trous, des veines, je mets en culture des motifs pris dans la rue, dans la nature, un amas de poutres, des nervures de feuille, une boîte d'aiguilles, la patte d'oie à l'œil d'un vieillard, la pomme d'un arrosoir. Le dessin où je m'obstine, m'entête – son champ illimité et son insuffisance.

Dans le dessin, aucun trait n'est premier. Il n'y a pas de point final. Sans doute il faut ouvrir la page, et commencer par un contour, une tache, un coup de canif, le rond de l'œil, mais c'est affaire de caprice. Et quant à la vie, elle ne brisera les liens qui la figent que si nous parvenons à déprogrammer l'œuf, la graine, à les rouvrir à la surprise, à la conjonction, au hasard des forces et des faiblesses. Je médite un ventre-château, hanté, enchanté, un ventre laboratoire, un ventre lui aussi au pouvoir du Caprice, afin de n'être plus ni une ni deux, mais fragmentaire et multitude, enceinte non d'un enfant, mais d'un essaim, d'une colonie de chenilles processionnaires, d'un carnaval d'embryons dissemblables. L'amour est un jeu d'hybridation, et c'est pourquoi, soumise comme je le suis encore au schéma de l'espèce, je redoute tant de tomber enceinte, de me voir limitée à la *reproduction*.

Être seulement née d'une femme, et seulement une fois ? Se laisser à son tour clouer à la terre par la semence de l'homme ? qui transfixe la femme, l'enracine et, pour finir, la change en arbre comme la pauvre Daphné ? Je crois qu'il y a mieux à faire que d'être à son tour une personne et que chacun peut devenir une suite ininterrompue d'événements : par contagions et par alliances.

En s'isolant du reste de la Création, l'homme a mis en faillite le grand laboratoire : les espèces séparées, surveillées, et lui-même affligé d'un autisme qui le prive du rêve de la fougère, de la science du galet, de l'humour du hanneton...

L'amour qui commence d'assouvir et qui, en même temps, exaspère le désir de complétude. Visage en faute de celui qui ne peut répondre complètement, qui ne peut combler le vide, étancher la béance. Daphné poursuivie par Apollon : changée en arbre. Que la femme changée en arbre, et la légende le dit, est abominablement piégée. Mieux vaut l'être en oiseau comme Ésaque ou Alcyoné.

Je ne mange plus de chair qu'avec mes mains. Seulement des petits animaux, de ceux que je pourrais tuer moi-même : du gibier, s'il s'en trouve, ou des lapins, des poules. Je démembre le petit corps avec une science sûre des parties et du tout, faisant céder les articulations, détachant les muscles un à un sans les déchirer. Il est important de manger les animaux, mais il ne faut pas le faire souvent. Ce doit être par fureur contenue, par magie, par enthousiasme, par désespoir halluciné. Les autres jours, va pour la bouillie d'avoine, le chou, le pain de seigle ou les patates.

La dévoration est avec l'amour l'une de nos dernières cérémonies. Il faut donc s'y préparer, sans hâte, revêtir des habits de fête ou se mettre tout à fait nu, puis détailler chaque moment, chaque étape, la mise à mort, la dédication, l'apprêt, le partage, la mastication, la déglutition, l'éventuel haut-le-cœur, les renvois, la digestion, les gaz, l'excrétion, et enfin la conscience variable des modifications, des hybridations, que provoque dans l'organisme cet organisme étranger. Que deviendra l'homme quand il aura cessé de dévorer ? Un automate. Que gagnera-t-il à bouffer tous les jours de la vache en boîte ? D'être un mort qui caquette et défèque.

J'aime ce passage de l'*Odyssée* où un barbecue beuglant sème l'effroi parmi les guerriers, quand le Soleil demande vengeance à Zeus pour les vaches que lui ont volées les compagnons d'Ulysse : « Si je n'obtiens pas la rançon que j'attends, je plonge dans l'Hadès et je brille pour les morts… Les vaches n'étaient plus, et voici que les dieux nous envoyaient leurs signes : les dépouilles marchaient ; les chairs cuites et crues meuglaient autour des broches. »

Il y a de l'amour dans la dévoration, ou plutôt un exutoire à l'élan d'amour empêché, l'élan d'amour pour l'animal qui se heurte à la vitre et ne récolte qu'une irrépressible impulsion de fuir. C'est ce que découvre l'enfant auquel on donne à porter un lapin : coups de pattes griffues, sauts de carpe, œil chaviré. La caresse doit être infligée, l'animal est rétif à la tendresse et l'enfant, que ce refus blesse toujours, résiste ou non à la pulsion seconde, celle de taper le lapin ou le chat. Et cette pulsion lui est une nouvelle blessure : il se voit jeter la bête sur le sol avec rage, ou lui briser la nuque, lui qui n'avait aux lèvres que des baisers, dans ses paumes des caresses. Et la brute qui viole une femme dans un chemin creux, derrière une remise, dans un sous-sol, est sans doute séparée des femmes, et de ses semblables, comme nous le sommes des animaux.

La violence et la jouissance font seules, un très bref instant, cesser l'incessante conversion du perçu (de chacun des sens) en langage. « Si le diable pouvait sortir de son moi, dit Angelus Silesius, on le verrait aussitôt près du trône de Dieu. » Or le *moi* est précisément la cage que tisse en nous le langage.

Jouir, bondir, s'évanouir, libérer hors de sa bouche un flot de paroles *sans suite.* Car le propre du langage est précisément dans ces suites et poursuites auxquelles il commande sans relâche.

Les mots que je trace sur le papier du moins ne lient personne. Ma parole, ici, n'attend pas de réponse. Je presse le langage hors de ma tête comme on le fait de la sanie qui envahit la plaie. Mais c'est intarissable. Voilà un brave démolisseur qui fait le soir, pour se raconter sa journée, le commentaire en pierre de ses démolitions. Pourtant ce que j'écris, je ne le relis pas. C'est plutôt d'excavation qu'il s'agit, de dépose de gravats.

Si je parviens à faire danser le langage, je charme le serpent.

Pour la plupart, les hommes sont comme le crapaud qui fume, un cul-de-sac, alors qu'on peut se laisser traverser par toute chose, apprendre ensuite à se mêler, à se diluer. Sentir l'écoulement et non l'accumulation des jours. Le poisson ouvre la gueule face au courant et se laisse traverser. L'eau s'enfuit par ses ouïes. Il respire. Les poumons, comme l'estomac, sont un organe exemplaire.

¡Juerga!

C'est un soldat canadien dont j'ai suivi les mouvants tatouages : une femme-poisson et un tigre sur les avant-bras, des étoiles sur les phalanges et une rose dans le cou. Les tatouages me fascinent. Ils ont le pouvoir d'atténuer la toute-puissance du visage. Le dessin tracé à même la peau, sa permanence sur une feuille de chair qui durera moins qu'une page de livre, sa violence de phrase définitive, la lenteur qu'il faut pour l'y inscrire et qui ne permet pas l'émotion de l'esquisse, tout cela capture le regard et fait au visage une éclipse. Celui du Canadien, d'ailleurs, est à moitié enfoui sous une barbe.

Il se nomme John Wyatt et a été versé, le diable sait pourquoi, dans une compagnie de l'armée britannique. J'imagine que John est aux yeux de son père et de ses supérieurs un brave garçon : il aime rire et se bagarrer. Toujours à l'aise, il n'est intimidé que par les femmes et ceux qu'il appelle les aristos, les officiers de la haute, les messieurs impeccables, et alors il tortille son béret comme un petit garçon. C'est peut-être pourquoi il va à la salle de sport et, inlassablement, y regonfle ses tatouages.

Février. Je danse. Je danse. Je danse.

John m'a emmenée danser dans ces caves où les filles et la troupe se démènent toutes les nuits, dans la fureur du swing, blanc ou noir, et je m'y suis jetée à corps perdu.

Peu à peu, l'emmêlement de nos corps se prolonge au fin fond des nuits sur le grand lit de l'atelier.

Quand nous faisons enfin l'amour, je suis absolument curieuse de toutes ses émotions. Peut-être trop, et davantage que des miennes. Pour moi, la première fois de l'amour n'a pas été ce changement du tout au tout auquel on rêve dans les lycées de jeunes filles, je me suis même sentie plus vierge après qu'auparavant.

Je puise dans ma provision de *french letters* (c'est comme ça qu'on appelle à Londres les préservatifs) et je les lui ajuste d'une main lente et sûre.

On parle et on mange par le même orifice. Il y en a que ça dérange, auxquels ça coupe la faim et le sifflet. La bouche, l'anus, le sexe – celui des femmes – et les yeux dans une moindre mesure : des portes à tambour où ce qui entre diffère de ce qui sort. Les oreilles et le nez souffrent du sens unique. L'estomac aussi est exemplaire : conversion, échanges, assimilation, rejet, une main sur l'humeur, une autre sur les rêves.

Était-ce une légende ou une étude d'anthropologie ? Je me souviens d'avoir lu l'histoire d'un peuple qui a vécu sans découvrir ni avoir l'intuition d'aucun lien entre l'acte d'amour et la procréation. Assurément, ce devait être un peuple qui faisait l'amour de mille façons, vite et fort comme des guerriers dans la conquête, puis au contraire avec la mollesse lascive de vieux Romains aux complots déjoués. Le spectacle des génisses et des juments qui présentent leur vulve à la caresse du vent avait fait concevoir que c'était lui, le vent, qui portait la fécondation dans le ventre des femmes et des autres femelles. Et quoi de plus brouillon, quoi de plus malicieux que le vent ?

L'amour est jeu d'hybridation. Des greffes aussi savantes et simplifiées que celles des manuels d'agronomie : tiges fichées l'une dans l'autre et ficelées, par où la sève pousse, se presse, perce, se mêle et change, change le goût et l'avenir, médite la forme neuve d'un bourgeon.

Aboucher les désirs !

Ventre à ventre, je ne suis plus seulement femelle dans la jonction des corps. Mon sexe s'ouvre, s'ouvre, et ça rayonne, et tout entière je suis une ouverture, et en même temps je sens quelque chose qui me pousse au bas du ventre et pénètre à rebours le corps qui me pénètre. Je crie, je feule, je trisse, je me soulève, je vole du vol de la brume, je retombe en averse, je m'insinue, je m'évapore, c'est faire l'amour en fourmilière.

Rose, la petite chenille de mon clitoris sur la feuille chantournée d'un de ces choux roses que l'on pose à Noël sur l'appui des fenêtres [une ligne barrée] les mains sont des oiseaux et les mains sont des crabes. Abandonnés les bras, elles remontent à l'épaule. Zarathoustra dit : « Et même le plus sage d'entre vous, il n'est qu'une forme équivoque et hybride, *un croisement de plante et de fantôme.* » Oui ! oui !

Suis allée voir avec John un film de Disney, *Bambi,* assommant. Cette phrase dans les Prophètes : « Ils disent : Ah ! ah ! nos yeux regardent ! » Des images compactes, sans autre prolongement possible que la bouche ouverte. C'est tellement moins intéressant qu'une poupée de chiffon, dont on est tour à tour le juge, la victime, le dieu, l'amoureux. Tandis que pour Bambi, tout est dit. Les gens qu'on a dressés s'attendrissent au spectacle d'un dressage : Bambi apprend les mots, il apprend le reflet, il apprend la mort, il apprend le rôle sexuel, il apprend le pouvoir et la succession hiérarchique.

Une fois dehors, je m'imagine un Kaspar Hauser qui échouerait à Londres et auquel on ne donnerait que ça, le Luna Park et des images animées, un tourbillon qui l'arracherait à son propre corps. Je suis persuadée que l'enfant sauvage tuerait son geôlier à la première occasion, et qu'il retournerait vivre sa vie quasi végétale dans la première forêt venue.

Je me suis mis dans la tête de pousser John à déserter. À bien y réfléchir, la trahison serait plus intéressante encore. Idéalement, il faudrait être un agent double enchâssant les traîtrises les unes dans les autres jusqu'à s'y perdre tout à fait. Plutôt que de rompre sa chaîne et d'arrimer sa vie, pour toujours, au chariot de la fuite, mieux vaut multiplier ses liens au point de se défaire. Au point d'éclater. Je pense à cette femme perverse de l'Ancien Testament que les prophètes redoutaient : « Je suis une femme bruyante, stupide et ne sachant rien. Je m'assied à l'entrée de ma maison, sur un siège, dans les hauteurs de la ville, pour crier aux passants qui vont droit leur chemin : Que celui qui est stupide entre ici ! Je dis à ceux qui sont dépourvus de sens : Les eaux dérobées sont douces, et le pain du mystère est agréable ! » Ainsi la femme peut-elle attirer les hommes hors de leur voie, ruiner leur insertion dans les groupes, les cercles, la famille, la demeure, la hiérarchie, les goûts.

Mais John Wyatt... Il faut voir comme il est heureux quand il beugle *God Save the King!*

Jours de pluie. Nous buvons du gin. Toute l'affaire est de trouver du citron, qui se vend à prix d'or. Je m'amuse à faire la manche et John en devient rouge de honte (qu'il se débrouille avec sa vanité). Après avoir essayé plusieurs formules, je trouve celle-ci, qui marche à merveille : « Prête-moi une livre, je vais me marier ! » Chez les hommes et les femmes, cela fait venir un sourire attendri, aussi sûrement qu'un landau qu'on entrouvre.

C'est le printemps. Nous explorons la banlieue et la campagne proche. Comme John est attaché aux contes de brigands, il veut absolument voir Epping Forest, où Dick Turpin s'était longtemps caché, et Sherwood aussi, mais c'est beaucoup trop loin. Nous n'avons d'abord trouvé que des monceaux d'immondices et des cabanes en ruine : durant le Blitz, des milliers de Londoniens sont venus camper dans la forêt d'Epping, sous le patronage de la peur et de Baden-Powell.

Mais la forêt est toujours *cosa mentale*. Il n'y a pas de forêt en Europe, fût-elle inaccessible d'abandon, qui ait autant de mystère que l'espace intérieur où, depuis l'enfance, nous avons l'habitude d'aller, que nous avons le goût de pénétrer ou l'impulsion de fuir à toutes jambes.

Je le ramène doucement vers le bord ; j'aime plus que tout l'orée du bois et la mi-pente. On se tient là, sous les arbres de la lisière, assis face aux prés, face au fameux paysage anglais, à ses rondeurs, et l'histoire se délite, le temps prend l'épaisseur d'une brume du soir.

Avec les beaux jours, nous poussons nos balades un peu plus loin, emportant chacun une couverture que nous roulons en bandoulière comme les soldats, les pèlerins, les chemineaux. Et ce sont alors des excursions qui commencent au terminus de l'omnibus, n'importe lequel, pourvu qu'il aille à l'est, vers la nuit en marée montante. S'il pleut, nous forçons une grange, ou nous tentons le compromis de l'hospitalité. Un soir, devant une maison moussue, lorsqu'une vieille me demande : Petite, il y a longtemps que vous marchez ? Je hausse les épaules comme pour lui dire : je ne sais plus, quelle importance, la fatigue n'est pas une grande affaire.

Les animaux, les travaux des champs, les forges, les moulins, tout lui est prétexte à me parler de son enfance. Lui aussi. [Quatre lignes biffées.]

Au village humide, un peu avant midi, j'entends un cri que je ne comprends pas. C'est un homme qui crie, parfaitement tranquille, un message fou, ésotérique : *Dead game! dead game!* en traînant sur le *dead,* qu'il fait monter avant la brusque chute, en voix grave, sur *game.* Au tournant de la rue basse, je l'aperçois tout enveloppé de fourrures. Il porte au col et sur les épaules des lièvres et des lapins la tête en bas. John me révèle que *game,* c'est la chasse, et que c'est aussi le nom pour le gibier quand il court encore, et que *dead game* ne désigne plus que la chose à manger. Il ajoute qu'on dit aussi d'une fille qui se prostitue : *she's on the game.*

Cette affaire de « jeu mort » m'obsède tout l'après-midi, et le lendemain à l'auberge où nous sommes, je demande s'il existe un abattoir dans les environs. On me renseigne avec réticence, comme s'il s'agissait de céder à une lubie indigne. John, lui, ne veut rien savoir et il prendra le premier bus pour rentrer à Londres.

De loin, on dirait une grange. Sous la charpente, ce sont de forts râteliers munis de crochets où pendent les carcasses en attente d'enlèvement. Demi-porcs, demi-génisses, demi-moutons sans pieds ni tête. La chaîne de levage pour la mise à mort est à l'entrée, à l'aplomb du portique. Soulevée par une patte, la bête vient d'être frappée au front avec un lourd maillet qui ne l'assomme qu'à demi. Elle tremble, se tord comme un épileptique quand le couteau lui plonge dans la gorge. (Ce maillet, est-ce par dérision que les Français l'ont appelé *merlin*?) L'œil de l'animal s'imbibe, aspire le plus possible, se révulse et s'éteint. Ça n'est pas la mort qui est abominable ici, c'est la moisson. C'est d'avoir fait vivre et se multiplier, c'est d'avoir élevé des êtres-pour-la-mort. Que l'on a portés au monde pour les tuer.

La main ouverte, le bras tendu, j'arrête les hommes qui me regardent vomir : ne me touchez pas.

Une porcherie est un cristal politique. Il n'y a d'avilissement des espèces animales qu'à proportion de celui des hommes. Et c'est à dessein que l'industrie alimentaire nous prive de la prédation, de la dévoration : l'homme est *nourri* comme sont nourris les animaux de boucherie.

Tout de même ce que la campagne est lente, besogneuse. Le cosmos me mord tout aussi bien, mieux même, sur les docks ravagés face à l'usine qui rougeoie dans le soir.

Après une absence de quelques jours, la nouvelle physionomie des rues de Londres ne m'irrite plus, c'est comme un lever de rideau qui intrigue, qui n'est pas loin d'enchanter : les visages ravis aux fenêtres, les bienfaits du sommeil, les femmes rassérénées, les hommes aux épaules dénouées, les couleurs revenues sur la bouille des enfants…

Je retourne danser, je m'éloigne du corps de John et je me jette dans l'enchevêtrement furieux, éruptif, de trois cents corps dans l'ombre qui n'en font plus qu'un et me rappellent le crocodile bouleversant du Livre de Job : « Il fait bouillir le fond de la mer comme une chaudière, il l'agite comme un vase rempli de parfums. Il laisse après lui un sentier lumineux : l'abîme prend la chevelure d'un vieillard. » (J'en ai fait un dessin : ce ne sont que bulles, courants, vortex, écailles, dents, griffes, écume à quoi s'accroche la lumière, tourbillons d'eau ou de feu, squames, fentes des yeux, le tout mêlé à coups de gomme, d'estompe, de doigts, et des reprises à la mine de plomb, et du fusain mal balayé.)

La danse est une déstabilisation continue où l'on ne retombe jamais vraiment, ni sur ses pieds ni sur les fesses, mais qui prolonge indéfiniment l'instable. C'est cela, l'être qui danse accède au *mélange instable* des chimistes et des artificiers. Pieds nus, abandonnée à la pulsation arythmique de la batterie, semblable à un cœur déréglé, je passe de bras en bras, de main en main, je roule sur la houle des muscles, je n'ai plus là ni haut ni bas.

Dansé tout un set avec un Noir, au moins huit morceaux, la joue collée à sa joue rasée de frais, tandis que bras et jambes, cabris, tentacules, rames, sept voiles, fusent, ondulent, tressautent, hanches et ventres proches ou soudain écartés, mais les joues en tampons magnétiques de train, l'un contre l'autre, patinant dans la sueur, inséparables.

Dans la nuit noire où nous sommes expulsés, quelques heures avant l'aube, voici que du fond de la rue arrive un cavalier qui dort sur sa monture. Le cheval marche au pas, tête basse, des cloches de caoutchouc passées sur ses sabots.

J'irais nue dans les rues de Londres si je ne craignais qu'on m'interdise tout bonnement d'aller. Médecins, gendarmes, les petites mains sociales sont nombreuses, et elles tiennent des ficelles, des clés, des menottes, des tampons encreurs, des bâillons. Je vois toutes ces choses. J'ai un flair infaillible pour les empêchements. Sans être tout à fait paranoïaque, je reçois comme des brimades personnelles bien des interdits, bien des obligations de la ruche britannique.

Je m'assois. Je suis sage. J'ai rempli d'encre mon stylo. J'écris des choses raisonnables. C'est le commencement de septembre. Il fait une chaleur déconcertante et Londres observe un ramadan tranquille. On y trotte au petit matin, dans le bleu, puis ceux qui peuvent se claquemurent, puis tous ensemble on se réjouit au coucher du soleil. On s'adonne au métier de vivre avec un bonheur de sanction levée. Tout l'été, j'ai évité les artères pavoisées, les places où jour après jour sur le point de s'éteindre, les feux et les fêtes de la Victoire reprenaient de plus belle.

L'électricité est encore intermittente, on la rationne, mais chacun s'est promis de se venger de la nuit et de l'ombre. Les ruelles les plus abandonnées, les recoins des parcs immenses, les cagibis, les débarras, on y plantera des ampoules pour les laisser brûler jusqu'à la fin des temps.

Des défilés ! Des défilés à deux, à dix ou à dix mille, avec ce parfum de courage et de camaraderie, ces filles auxquelles jamais on n'avait vu tant d'assurance, le calot de guingois sur leurs cheveux dorés, et du clairon, et des galons, et des moignons superbes, le grand, l'exaltant chantier de la reconstruction. Et l'étouffoir est mis sur tout le reste.

Les conscrits sont rendus à la vie civile, qui en fera un usage industriel et administratif. Les pères et les fils ont restitué les armes dont ils étaient les véhicules et le carburant. Partout, à l'Est, à l'Ouest, les héros sont lestés de médailles, dégrisés par le spectacle des martyrs, car avec leur *hubris,* leur absolu déracinement, leur délire oraculaire et leurs mains de Samson, ils feraient vaciller la toute nouvelle usine universelle, ses ateliers rivetés par les bombes, ses bureaux jusque dans les jungles.

Depuis la fin du black-out, je m'agite, nerveuse, dérangée dans mes belles manières : le pied d'un enfant rageur s'est abattu sur les décombres de la ville, ruinant d'un coup mes passages secrets, mes moyens d'évasion, mes jeux fragiles. Mais un battement d'ailes… et les murènes feront leur nid parmi les lustres de Windsor.

La poule que j'ai rapportée de la campagne se tient sur le casier à bouteilles. Dort-elle jamais vraiment ? Nous avons couru, bondi, dansé comme des bacchantes à travers l'atelier… Elle a des départs en explosion soudaine qui la démultiplient, c'est une trombe de dix poules, un édredon crevé, criant, craquant, et l'angle où elle s'accule la refourre dans sa jarre parfaite, immobile, et toute sa fureur lui remonte dans l'œil, dans ce phare d'alarme et de faim perpétuelles. Je veux savoir si j'aurai l'impulsion de la tuer.

Abominable. J'ai lavé deux fois le sol et la table. Porté dehors tout le massacre dans la poubelle de fer. La tête coupée avec l'œil mort, l'œil aux lèvres rougies, l'œil épuisé, les plumes. Dans son gésier ouvert, il y avait du grain, jaune et puant très fort. Mes lèvres ne se sont pas retroussées pour y mordre. Et désormais : plutôt me cuire la main que de manger un autre corps.

Jamais, pour autant que je m'en souvienne, je n'ai fait de rêve de bestialité, mais je m'en représente souvent les scènes dont rougeoient et retentissent toutes les mythologies : l'âne d'Apulée, Europe, Léda, Ganymède, et surtout Pasiphaé, plus extraordinaire encore, puisque c'est avec elle la proie qui ruse pour attirer son prédateur, le taureau de Minos qui se fera berner par une peau de vache sur un tonneau de bois.

Aquarelle ou lavis, de plus en plus d'eau, et que ça gicle et mouille. Jeu, coulures, averses, biffures rageuses, noyade de trop d'eau : aussi épais que je le choisisse, le papier finit par crever, par fondre, et ne me reste sur la rétine que le souvenir de formes entrevues, de moments intermédiaires du dessin, une myriade, un grand galop, un signe enfin, qui s'est montré avant de se dissoudre dans les remous du pugilat. Délaissant la charpie de papier pour la peau, je finis barbouillée d'encre, de pastel gras, de gouache.

Je danse dans l'atelier. Plus besoin de musique, ni de peinture, je dessine dans l'espace, je danse et me soulève l'émoi de l'hirondelle. Que de progrès ! Mes jambes, mes bras, mon dos, mes mains, déploient dans l'air des images et des formes irriguées de plus de sang que le cou d'un taureau. C'est le corps en état de siège ! Et lorsque la fête des Résistances atteint le sommet de sa courbe, c'est-à-dire le parfait délire des meutes hallucinées par la faim et, tout autour, par le cercle de feu des assaillants, alors la ville, alors les meutes, tentent une sortie – une sortie fatalement irrésistible, joyeuse, aveuglante, ne laissant derrière elle qu'une traînée de pâmoisons… À bout de force, en sueur, ivre morte, je retombe comme après jouir : au lieu d'exploser, de m'éparpiller, c'est encore l'âne qui s'effondre, la vieille mule qui ne soulève plus rien que la poussière, en tombant. Pourtant, ça vient, ça vient !

En Espagne, quand je sortais de mon lit pour aller prendre un verre de lait à la cuisine et que je tournais le commutateur flambant neuf du plafonnier électrique : la dispersion en tous sens des cafards, dispersion folle et pleine de détours, qui ne consistait jamais, pour aucun des insectes noirs, à *prendre au plus court*.

Plus vite, plus vite, plus vite ! Le tourbillon déforme la pièce, la rend molle, liquide, le plafond est emporté, les taches sur les murs, mes doigts, les lattes du plancher, se tordent, s'embarquent, tout se mélange. Plus vite, plus vite !

Effroyable danse, chorégraphie délicieuse où je reprends étape après étape le déroulement de ma métamorphose. Je suis couverte de bleus, d'écorchures. J'ai rampé comme le serpent, tressautant avec une rage de machine à battre l'acier, me rebiffant contre sa punition, je me suis nourrie de poussière ! (Passer le balai !) J'ai senti se reformer un à un mes quatre membres, d'abord des moignons, puis les coudes, les genoux, avec l'appui du menton, et des rechutes, boum, du pubis contre le plancher, boum, du plexus contre le plancher – les poings s'ouvrent et les doigts se dissocient, poussée végétale des mains, des pieds, je me hisse, relève les fesses, ouvre les épaules, et la tête, lourde encore, se soulève, redescend, assouplit les vertèbres de la nuque, les fait craquer une à une, rompt la croûte que la sueur et le cuir y ont laissée – et me voilà un peu crabe d'abord, bien incapable de danser, mais un crabe plein d'humour et qui désobéit par contrainte à qui voudrait qu'on marche droit ! Pourtant la grâce est à demeure – et bientôt, quelle joie de bondir, de faire claquer mes ongles, je suis gazelle, toute de brusques détentes, de spasmes, d'œillades, le corps tout allégé par mes quatre pattes comme des arcs tendus... et des bonds, et des sauts de plus en plus libres – à cet instant, ouverte, déployée, j'ai *vraiment* eu des ailes, *mes propres ailes* !

Quand les Gardiens du Verrou, trop assurés de leur victoire, se paient le luxe de railler les visions des Anciens, ils lèvent un coin du voile... Que je suis heureuse de voir écrit ce que j'ai toujours su ! C'est une note en bas de page dans un Buffon : « On a prétendu que le nom latin de la sangsue, *hirudo,* provenait d'une ancienne croyance selon laquelle, au lieu de migrer en hiver comme les autres oiseaux, l'hirondelle *(hirundo)* perdait ses ailes et se cachait sous l'eau, dans les marais et les rivières. » Même leur arrogance ici me fait sourire. Hiru, hiru, hiru, hiru ! Et ça n'est qu'un infime exemple du continu tohu-bohu de la métamorphose *qui se remet en branle* ! Le miracle... Le miracle ça n'est jamais que la libération fortuite de ce flux primordial que l'on conspire à endiguer, à empêcher, afin que chacun reste à sa place dans le manège. Hiru, hiru, hiru ! Traversant Piccadilly Circus, je lève les yeux aux façades clouées de grands lettrages blancs : *Schweppes,* comme le dernier sifflement d'un serpent qu'on écrase. Et sur lui, les six lettres du mastodonte : *Bovril.* Et je comprends. *Bovril is liquid life!* Parfaite simplicité du mensonge. Ce jus tiré de la carcasse d'animaux dont on racle le cuir pour en faire des sangles, ce jus d'animaux-suscités-pour-la-mort, c'est l'antidote qui empêche, qui contrarie, qui suspend les effets du philtre des sangsues. C'est le crachat de la Méduse, c'est son regard synthétisé.

À présent comme un rituel. Je téléphone à Lucian depuis la gare, un restaurant ou un office de poste. Il ne se fâche plus, il reste un instant avec moi sans rien dire. Il arrive que ce soit elle qui réponde. Même chose. Elle entre dans le jeu. On sent la présence électrique, nuageuse, de milliers d'êtres reliés dans le grésillement de l'appareil. Je ne parle pas. Que j'aime le téléphone! (Impossible, bien sûr, d'utiliser celui de papa si je veux rester sans nom et sans visage.)

Ces jours-ci, papa me vient trouver sans cesse. Il laisse un mot sur la porte si je n'y suis pas, un mot qui dit simplement : je repasserai, je t'embrasse. Lorsqu'il me trouve à l'atelier, je mets aussitôt mes chaussures, je le rejoins sans lui laisser le temps d'entrer, de poser les yeux sur la table, le lit, les murs, et de tout déchiffrer. Il me parle avec douceur, toute sorte de précautions – il me prête soudain je ne sais quelle fragilité de vase Ming – et il s'efforce aussi de me distraire (c'est-à-dire de me *détourner,* mais il ne le sait pas). Il a mille propositions de sorties, de visites, et, pour qu'il cesse, j'ai accepté de l'accompagner ce soir à l'ambassade du Venezuela. Il s'inquiète un instant de ma robe, il évoque des souliers de maman *en parfait état,* mais je lui couds les lèvres en fronçant mes sourcils. Je le sens qui tourne autour de ce quelque chose *qui ne va pas.*

Hier soir, à l'ambassade, j'ai « manqué de tenue ». Tout à trac, j'ai révélé à Martínez Nadal l'étendue de mes pouvoirs, je lui ai même parlé du reptile, de la gazelle, de la femme-hirondelle. Sa tête, lorsque je lui ai dit que je pouvais voler, que tout allait changer ! Sa lèvre où je lisais : elle est folle, Sonia est folle, sa lèvre en lutte et qui tremblait, j'y ai posé un baiser, trop rapide, maladroit, et j'ai pris la fuite. Les mots empêchent de rien comprendre.

Oiseaux, papillons, lucioles, les cils en battement d'ailes : un peu d'écume heureuse, repoussée sans cesse à la frange, sur le sable gris, dans les herbes à grenouilles. Je veux que personne, jamais plus, ne prononce mon nom, je veux que l'on m'appelle en me mettant la main sur l'épaule ou en criant : ohé, ohé ! du bout de la rue, du haut des arbres.

Par quelle sorcellerie, par quelle malédiction, ce petit mot de « Sonia » (sonnette) et tous les autres mots à sa suite rassemblent ma limaille comme ferait un aimant ? C'est chaque matin un filet qui me sort de la mer, et je me ratatine au fond de l'épuisette en une bouillie terne et compacte, contrainte dans une forme dont je ne veux pas qu'elle soit *toujours* la mienne.

Pourquoi les ombres qui s'éveillent dans mon esprit, les rêves qui s'emparent de mon être entier, ne modifient pas mon visage et mon corps du tout au tout ?

C'est le langage qui nous fait des figures. Les fous aussi ont une figure, mais sans cesse elle change : un ciel bouleversé de nuages, trucidé d'étoiles, lacéré par la course du soleil, et qui pourtant ne gardera mémoire de rien, hormis la fatigue, aucune trace.

Sur mon avant-bras, j'ajoute à un grain de beauté très noir, en forme de grain de riz, un petit rond noir à l'encre de Chine, et un autre, à la file, puis je trace de petites pattes, n'hésitant qu'un instant sur leur nombre chez les fourmis. Six. Il y en a six. Deux traits de plus pour les antennes. La plume est chargée d'encre, assez pour cinq fourmis encore. Lorsque j'en ai depuis le coude jusqu'au bout des doigts de la main gauche, je défais mon chemisier. Plus tard, j'ôte ma jupe. Je vais prendre un miroir. Je relève mes cheveux en chignon, serré, pour dégager le front, les tempes, la nuque. À la fin, je trace les fourmis sans même avoir besoin d'y voir : un grain de riz, deux petits ronds – l'abdomen, le thorax, la tête – un rapide coup d'œil au moment d'ajuster les pattes. La main gauche parvient à couvrir le bras droit sans trop de peine : il n'est pas bien difficile de faire que ça pullule. Le dos est couvert, quoique avec une moindre densité : il y a fallu des contorsions qui signalent assez un lieu farouche. Entre les poils, la plume laisse parfois échapper une gouttelette, qui devient aussitôt, par parthénogenèse, le corps d'une fourmi de plus. Dans les paupières, l'encre bave et suit les infimes ridules comme sur un papier de chiffon, ce qui donne des fourmis à fourrure. Mon visage en est tout à fait noir.

Je suis encore allée donner mon sang. Mon sang mêlé du sang des hirondelles. Combien d'hommes et combien de femmes l'ont-ils reçu depuis trois ans, ce sang qui vibrionne, ce sang corrompu, illuminé, qui charrie les ferments de la métamorphose ? Quel grand étonnement ce sera ! Chacun se dépouillera de sa mort comme le papillon abandonne son enveloppe sur la brindille où il s'est inventé.

Faire un pas supplémentaire, un pas au-delà, un saut hors de la chose et de la cadence, cet effarant tic-tac de la marche du monde que mon rythme propre contrarie, contrarie, à contretemps, par des stridences, des apnées, des clappements de lèvres. Donner naissance à autre chose, expulser une forme vagissante, l'ectoplasme d'une notion griffonne, dans la très rapide simagrée d'une métamorphose, dans l'éventration scandaleuse, ravissante, d'une chrysalide.

Note de l'auteur

Cette histoire de Sonia est née d'un passage des carnets du poète Georges Henein : « S. A. s'est suicidée au mois de septembre, à Londres, en se jetant dévêtue d'un troisième étage. Ce suicide ayant donné lieu, selon l'abjecte coutume anglaise, à un procès contre la défunte, où le procureur public trouva une occasion inespérée de cracher sur tout ce qu'il reste de poésie en ce monde, nous avons pensé, quelques amis et moi-même, organiser en réponse un hommage international à S. A. » Je trouvai ensuite quelques articles de presse de l'époque, dont j'ai fidèlement transcrit deux extraits. Quant à la vraie Sonia, Sonia Araquistáin, vraiment je ne sais d'elle à peu près rien, des bribes, et ce ne sont ici que fantaisies, brûlures de contes pour enfants.

*

Le portrait reproduit ci-contre a été publié en page 3 du *Daily Express,* le mardi 4 septembre 1945.

Chez le même éditeur

Françoise Asso
Déliement
Reprises
Par-dessus le toit
Patrick Autréaux
Se survivre
Le Grand Vivant
Jérôme d'Astier
Les Jours perdus
Lutz Bassmann
Haïkus de prison
Avec les moines-soldats
Les aigles puent
Danse avec Nathan
Golshem
Pierre Bergounioux
Le Grand Sylvain
Le Matin des origines
Le Chevron
La Ligne
Simples, magistraux et autres antidotes
Un peu de bleu dans le paysage
Back in the Sixties
Carnet de notes 1980-1990
Carnet de notes 1991-2000
Carnet de notes 2001-2010
Les Forges de Syam
Une chambre en Hollande
François Bon
Temps machine
L'Enterrement
Prison
Le Solitaire
Paysage fer
Mécanique
Quatre avec le mort
David Bosc
La Claire Fontaine
Patrick Boucheron
Léonard et Machiavel
Prendre dates (avec Mathieu Riboulet)
Joë Bousquet
D'un regard l'autre
Papillon de neige
Les Capitales
Géva Caban
La Mort nue
Béatrice Commengé
La Danse de Nietzsche
Marie Cosnay
Villa Chagrin
Esther Cotelle
La Prostitution de Margot
Didier Daeninckx
Retour à Béziers
La Mort en dédicace
Cannibale
Le Dernier Guérillero
Les Figurants
La Repentie
Cités perdues
Histoire et faux-semblants
Rue des Degrés
Le Goût de la vérité
Emmanuel Darley
Un gâchis
Un des malheurs
Marc Delouze
C'est le monde qui parle
Richard Dembo
Le Jardin vu du ciel
Laure des Accords
L'Envoleuse
Michèle Desbordes
La Robe bleue
La Demande
L'Habituée
Un été de glycine
L'Emprise
Les Petites Terres
Camille de Toledo
L'Inquiétude d'être au monde
Tonino Devienne
Domaine de Breakdown
François Dominique
Solène
Dans la chambre d'Iselle
Pierre Dumayet
Le Parloir
La Maison vide
La vie est un village
La Nonchalance
Brossard et moi

Eugène Durif
Une manière noire
Vincent Eggericx
L'Art du contresens
Peau d'ogre
Mémoires d'un atome
Claude Esteban
L'Ordre donné à la nuit
Trois Espagnols. Goya, Velázquez, Picasso
Ivan Farron
L'Appétit limousin
Alain Fleischer
Mummy, mummies
Pris au mot
Grands hommes dans un parc
Benjamin Fondane
Le Mal des fantômes
Écrits pour le cinéma
Le voyageur n'a pas fini de voyager
François Garcia
Federico ! Federico !
Le Remplacement
Christian Garcin
Labyrinthes et Cie
La neige gelée ne permettait que de tout petits pas
L'Autre Monde
La Piste mongole
Des femmes disparaissent
Ienisseï
Armand Gatti
Le Couteau-toast d'Évariste Galois
La Parole errante
Œuvres théâtrales
L'Enfant-rat
Les Arbres de Ville-Évrard
Le Poisson noir,
Un homme seul
Notre tranchée de chaque jour
Les Analogues du réel
Le Monde concave
Opéra avec titre long
La Traversée des langages
Michaël Gluck
Partition blanche
Georges-Arthur Goldschmidt
Le Poing dans la bouche
Le Recours
Celui qu'on cherche habite juste à côté
Sylvie Gracia
L'Ongle rose
Pavel Hak
Vomito negro
Jean-Baptiste Harang
Prenez un coq
Laurent Jenny
Le Lieu et le Moment
Gil Jouanard
Le Jour et l'Heure
Le Goût des choses
Plutôt que d'en pleurer
D'après Follain
Mémoire de l'instant
Bonjour, monsieur Chardin !
L'Envergure du monde
Michel Jullien
Compagnies tactiles
Au bout des comédies
Esquisse d'un pendu
Yparkho
Luba Jurgenson
Au lieu du péril
Annie Le Brun
Appel d'air
Raymond Lepoutre
Ernesto Prim
Alain Lercher
Le Jardinier des morts
Les Fantômes d'Oradour
Le Dos
Prison du temps
Alain Lévêque
D'un pays de parole
Bonnard, la main légère
La Maison traversée
Le Ruisseau noir
Christophe Manon
Extrêmes et lumineux
Hugo Marsan
Le Corps du soldat
Le Balcon d'Angelo
Colette Mazabrard
Monologues de la boue
Jean-Yves Masson
L'Incendie du théâtre de Weimar
L'Isolement
Ultimes vérités sur la mort du nageur
Daniel Mesguich
L'Éternel Éphémère

Natacha Michel
Autobiographie
Plein présent
Pierre Michon
Vie de Joseph Roulin
Maîtres et Serviteurs
La Grande Beune
Le Roi du bois
Trois auteurs
Mythologies d'hiver
Abbés
Corps du roi
L'Empereur d'Occident
Les Onze
Vermillon
(avec Anne-Lise Broyer)
Je veux me divertir
Dieu ne finit pas
Fie-toi à ce signe
Maurice Nadeau
Le Chemin de la vie
Claude Pérez
Amie la sorcière
Conservateur des Dangalys
Jackie Pigeaud
Théroigne de Méricourt. La lettre-mélancolie
Christophe Pradeau
La Souterraine
La Grande Sauvagerie
Jacques Réda
La Sauvette
Le Lit de la reine
Les Fins Fonds
L'Affaire du Ramsès III
Mathieu Riboulet
L'Amant des morts
Avec Bastien
Les Œuvres de miséricorde
Prendre dates
(avec Patrick Boucheron)
Lisières du corps
Entre les deux il n'y a rien
Olivier Rolin
La Langue
Bric et broc
Veracruz
Emmanuelle Rousset
L'Idéal chaviré
Saturnales de Swift
Jean-Jacques Salgon
07 et autres récits
Le Roi des Zoulous
Ma vie à Saint-Domingue
Place de l'Oie
Dominique Sampiero
La Lumière du deuil
Le Dragon et la Ramure
Michel Séonnet
La Tour sarrasine
Que dirai-je aux enfants de la nuit?
Anne Serre
Le Mat
Petite table, sois mise!
Dominique Sigaud
Partir, Calcutta
Pierre Silvain
Le Jardin des retours
Julien Letrouvé colporteur
Assise devant la mer
Les Couleurs d'un hiver
Bernard Simeone
Acqua fondata
Cavatine
Sarah Streliski
Accident
Philippe Sollers
Le Saint-Âne
Emmanuel Venet
Ferdière, psychiatre d'Antonin Artaud
Précis de médecine imaginaire
Rien
Guy Walter
Un jour en moins
Outre mesure
Antoine Wauters
Nos mères

Cet ouvrage a été achevé d'imprimer en novembre 2015
dans les ateliers de Normandie Roto Impression s.a.s.
61250 Lonrai
N° d'imprimeur : 1505034
Dépôt légal : novembre 2015
Imprimé en France